LA GRANDE MAISON

DU MÊME AUTEUR

aux mêmes éditions

L'Incendie, *roman, 1954*

Le Métier à tisser, *roman, 1957*

Un été africain, *roman, 1959*

Qui se souvient de la mer, *roman, 1962*

Cours sur la rive sauvage, *roman, 1964*

Le Talisman, *nouvelles, 1966*

La Danse du roi, *roman, 1968*

Formulaires, *poèmes, 1970*

Dieu en barbarie, *roman, 1970*

Le Maître de chasse, *roman, 1973*

Omneros, *poèmes, 1975*

Habel, *roman, 1977*

Feu beau feu, *poèmes, 1979*

Mille Hourras pour une gueuse, *théâtre, 1980*

chez d'autres éditeurs

Au café, *nouvelles*
Gallimard, 1955 ; Sindbad, 1984

Ombre gardienne, *poèmes*
Gallimard, 1961 ; Sindbad, 1984

Baba Fekrane, *contes*
La Farandole, 1959

L'Histoire du chat qui boude, *conte*
La Farandole, 1974 ; Messidor-La Farandole, 1980

Les Terrasses d'Orsol
Sindbad, 1985

O vive
Sindbad, 1987

MOHAMMED DIB

LA GRANDE MAISON

roman

ÉDITIONS DU SEUIL
*27, rue Jacob, Paris VIe*

ISBN 2.02.000479.8
(ISBN 2.02.000807.6 1re publication)

— Un peu de ce que tu manges !

Omar se planta devant Rachid Berri.

Il n'était pas le seul ; un faisceau de mains tendues s'était formé et chacune quémandait sa part. Rachid détacha un petit bout de pain qu'il déposa dans la paume la plus proche.

— Et moi ! Et moi !

Les voix s'élevèrent en une prière ; Rachid protesta. Toutes ces mains tentèrent de lui arracher son croûton.

— Moi ! Moi !

— Moi, tu ne m'en as pas donné !

— C'est Halim qui a tout pris.

— Non, ce n'est pas moi !

Harcelé de tous côtés, le gosse s'enfuit à toutes jambes, la meute hurlante sur ses talons. Estimant qu'il n'y avait rien à en tirer, Omar abandonna la poursuite.

Il s'en fut ailleurs. D'autres enfants grignotaient tranquillement leur quignon. Il louvoya longtemps entre les groupes. Puis, d'un trait, il fondit dans la cohue, arracha son pain à un courtaud. Il courut ensuite se perdre au centre de l'école, où il fut aspiré par le tourbillon des jeux et des cris. La victime ne sut que brailler sur place.

Il y avait des élèves qu'il rançonnait, quotidiennement. Il exigeait d'eux sa part, et s'ils ne s'exécutaient pas sur-le-champ ils ramassaient souvent des volées. Dociles, ceux-là partageaient leur goûter et lui tendaient les deux moitiés pour qu'il en prélevât une à son choix.

L'un d'eux se cachait-il pendant toute une récréation, il ne s'obstinait guère dans sa dissimulation. Il venait guetter Omar soit à la sortie de l'école, soit à une autre récréation. Du plus loin qu'il l'apercevait, il commençait à pleurer. Il recevait sa correction et finissait par remettre un goûter entier à Omar.

Mais les plus rusés dévoraient leur pain en classe.

— Je n'ai rien apporté aujourd'hui, disaient-ils. L'enfant retournait ses poches. Omar faisait main basse sur tout ce qu'il trouvait en sa possession.

— Alors, tu l'as donné à un autre pour le cacher ?

— Non, je le jure.

— Ne mens pas !

— Je le jure.

— Ne viens pas me demander de te défendre, hein !

— Je te jure que je t'apporterai demain un gros morceau.

D'un geste, l'enfant montrait les dimensions du pain qu'il promettait. Omar lui jetait la calotte par terre, la piétinait, pendant que le coupable poussait des plaintes de chien molesté.

Il protégeait ainsi ceux que les grands élèves tyrannisaient ; la part qu'il prenait n'était que son salaire.

Ses dix ans le plaçaient entre les gaillards du Cours Supérieur, dont la moustache noircissait, et les morveux du Cours Préparatoire. Les grands, pour se venger, s'attaquaient à lui, mais n'obtenaient rien, Omar n'apportait jamais de pain. Lui et ses adversaires sortaient de ces combats le nez et les dents en sang, leurs sordides habits effilochés un peu plus. C'était tout.

A Dar-Sbitar, Omar se procurait du pain d'une autre façon. Yamina, une petite femme aux jolis traits, revenait chaque matin du marché avec un plein couffin. Elle priait souvent Omar de lui faire de petites commissions. Il lui achetait du charbon, remplissait son seau d'eau à la fontaine publique, lui portait le pain au four... Yamina le récompensait à son retour en lui donnant une tranche de pain avec un fruit ou un piment grillé, — de temps en temps, un morceau de viande ou une sardine frite. Quelquefois, après déjeuner ou dîner, elle l'appelait. Quand l'enfant soulevait le rideau, — à l'heure du repas, chaque famille baissait le sien, — elle lui disait d'entrer, apportait un plat où elle gardait quelque chose de bon, cassait la miche ronde et blanche et plaçait le tout devant lui.

— Maintenant mange, mon garçon.

Elle le laissait et vaquait dans la pièce. Yamina ne lui offrait que des reliefs, mais propres ; les plus difficiles n'auraient rien trouvé à y redire. La veuve ne le traitait pas comme un chien ; et cela lui plaisait. Ne pas être humilié. Omar ne savait pas où se mettre devant tant d'égards. Il fallait que chaque fois Yamina le pressât pour l'encourager à toucher aux aliments.

Un petit, un mioche de rien du tout, aux grands yeux sombres comme de l'anthracite, au visage pâle et inquiet, se tenait à l'écart. Omar l'observait : debout contre un pilier du préau, les mains derrière le dos, il ne jouait pas, celui-là. Omar fit le tour de la cour, surgit de derrière un platane, et laissa tomber à ses pieds ce qui lui restait d'un croûton. Il fit mine de ne point s'en apercevoir et continua de courir. Arrivé à bonne distance, il s'arrêta, et l'épia. Il le vit de loin fixer le bout de pain, puis s'en saisir d'un geste furtif et mordre dedans.

L'enfant s'était ramassé sur lui-même. Son torse exigu était emmailloté dans une veste de coutil d'été kaki ; ses jambes frêles sortaient des tuyaux d'une trop longue culotte. Une joie angélique éclairait ses traits : il se retourna face au pilier. Omar ne comprenait pas ce qui lui arrivait, sa gorge se contractait. Il courut dans la grande cour de l'école, et sanglota.

— C'est le déjeuner?

Aïni épluchait des cardons indigènes, courts et épineux.

— Oui, le déjeuner.

— A quelle heure allons-nous manger? Il est onze heures et demie.

— Nous mangerons quand ça sera prêt.

— Maudits soient les père et mère de ces cardons.

Omar s'apprêta à ressortir.

— Va. Les hommes ne sont pas faits pour la maison.

Sa mère pensait à Si Salah, le propriétaire, qui avait horreur des enfants de ses locataires. Il leur interdisait de s'amuser dans la cour ; s'il les y surprenait, il les bousculait et houspillait leurs parents. Ceux-ci n'avaient jamais le courage de lui répondre ; quand ils le voyaient, ils se figeaient dans une attitude humiliée ou se réfugiaient dans leurs chambres. En face du propriétaire ils se sentaient remués par le respect où les jetait une crainte sans bornes. En l'absence de Si Salah, sa femme, vieille à figure chafouine, les assaillait de ses cris d'orfraie.

Omar dans la maison à cette heure-ci, c'était la calamité.

Il resta.

— Tu n'as pas honte, fille !

Aïni tenta de le saisir par un bras. Peine perdue. Il se déroba. Soudain elle lança le couteau de cuisine avec lequel elle tailladait les cardons. L'enfant hurla ; il le retira de son pied sans s'arrêter et se précipita dehors, le couteau à la main, suivi par les imprécations d'Aïni.

Les yeux immenses de Veste-de-kaki exprimaient une interrogation avide de bête apeurée. Omar y lisait l'attente, l'espoir frémissant, l'inquiétude. Mais, peu à peu, un sourire l'illumina. Deux rides dures naquirent sous les ailettes de son nez et lui étirèrent le visage.

Omar vint droit vers lui. Il mit quelque chose dans sa petite patte étroite. L'enfant plongea ses regards dans les siens sans rien dire.

— Ferme les yeux et ouvre la bouche, ordonna Omar.

Confiant, Veste-de-kaki ferma les yeux et ouvrit la bouche. Omar retira sa main prestement du fond d'une poche et lui déposa un bonbon sur la langue. Et il disparut.

Omar ni personne n'osait toucher, sans encourir de grands châtiments de la main des maîtres, les quelques fils de négociants, de propriétaires, de fonctionnaires qui fréquentaient l'école. On risquait beaucoup à les attaquer : ceux-là avaient leurs courtisans parmi les élèves et les instituteurs.

L'un d'eux, Driss Bel Khodja, un garçon bête et fier, n'exhibait à chaque récréation pas seulement du pain, ce qui était déjà beaucoup, mais encore des gâteaux et des confiseries. Il s'adossait à un mur, ses hommes-liges autour de lui, et bâfrait posément. De temps en temps, quelqu'un se baissait pour ramasser des miettes qui tombaient. On n'avait jamais vu Driss faire le geste de donner : Omar ne comprenait pas pourquoi tous l'entouraient ainsi. Était-ce l'obscur respect que leur inspirait un être qui mangeait chaque jour à sa faim ? Étaient-ils fascinés par la puissance sacrée, incarnée en cet enfant mou et sot ?

Driss avait un camarade qui se chargeait de son sac de cuir, à broderies d'argent et d'or, à la sortie de quatre heures. D'autres, quand approchait l'heure d'entrer en classe, allaient le chercher et lui tenaient compagnie en chemin. Ils ne se séparaient de lui que lorsque la cloche sonnait. C'était à qui se mettrait à ses côtés, à qui poserait une main sur son épaule.

Il avait coutume d'acheter des torraïcos [1], du calentica [2], des piroulis, il possédait même de l'argent ! Aux petits marchands qui s'installaient dans la rue noire d'écoliers, un peu avant une heure, il prenait cinq ou six cornets de torraïcos, distribuait un grain à chacun de ses compagnons. Si ceux-ci

1. Torraïcos : pois chiches grillés.
2. Calentica : pâte faite avec de la farine de fèves ou de pois chiches.

se plaignaient, ou se moquaient, il geignait plus fort qu'eux :

— Et moi, que va-t-il me rester ? Vous voulez que je vous donne tout ?

Chaque matin invariablement, il racontait après s'être empiffré ce qu'il avait mangé la veille. Et, à la récréation de l'après-midi, son repas du jour. Il n'était question que de quartiers de mouton rôtis au four, de poulets, de couscous au beurre et au sucre, de gâteaux aux amandes et au miel dont on n'avait jamais entendu les noms : cela pouvait-il être vrai ? Il n'exagérait peut-être pas, cet imbécile !... Les enfants, devant toutes les victuailles qui hantaient ses discours, ébahis, demeuraient l'air perdu. Et lui, récitait toujours l'incroyable litanie des mets qu'il avait dégustés.

Tous les yeux levés vers lui le scrutaient bizarrement. Quelqu'un, haletant, hasardait :

— Tu as mangé tout seul un morceau de viande grand comme ça ?

— J'ai mangé un morceau de viande grand comme ça.

— Et des pruneaux ?

— Et des pruneaux.

— Et de l'omelette aux pommes de terre ?

— Et de l'omelette aux pommes de terre.

— Et des petits pois à la viande ?

— Et des petits pois à la viande.

— Et des bananes ?

— Et des bananes.

Celui qui avait posé ces questions se taisait.

Omar errait, explorant la cour ; où était Veste-de-kaki ? Il rencontrait plusieurs de ses camarades, à qui il se heurtait brutalement ; ceux-ci l'accrochaient au passage, le hélaient. Mais pas de trace de l'enfant.

Il jura brusquement qu'il ne le reverrait plus. D'ordinaire il l'apercevait contre le même pilier du préau. Veste-de-kaki paraissait rangé, il se tenait tout le temps loin des autres garçons.

La cloche qui annoncerait la fin de la récréation n'allait pas tarder à carillonner. Dans la cour, la surexcitation atteignait déjà le paroxysme. Les jeux se faisaient plus violents, les cris vrillaient l'atmosphère. C'étaient bien là les signes avant-coureurs des dernières minutes : Omar en était averti par son instinct d'écolier.

L'événement prit dans sa pensée un sens tragique. Il cherchait toujours Veste-de-kaki.

Il parut tout à coup ne tenir à la vie que par de vagues attaches. Tout se fit étrange autour de lui ; Veste-de-kaki n'était nulle part. Qu'allait-il devenir sans Veste-de-kaki ?

La cloche retentit. Omar se mit en rang avec ses camarades.

Il imaginait Veste-de-kaki — chez ses parents sans doute ? — qui l'attendait, il l'imaginait assis devant une meïda [1], il l'imaginait jouant dans la cour d'une grande maison...

Le maître cingla l'air de sa fine baguette d'olivier

1. Méïda : table ronde et basse sur laquelle mangent les familles musulmanes.

et les élèves pénétrèrent en file par deux dans la classe.

Omar dirigea ses regards devant lui, sa bouche trembla. Comme son angoisse se prolongeait, il s'imagina que Veste-de-kaki était mort.

Mais à l'instant où il refermait la porte, la silhouette grêle de l'enfant traversait au trot la cour de l'école.

A peine s'emboîtèrent-ils dans leurs pupitres que le maître, d'une voix claironnante, annonça :

— Morale !

Leçon de morale. Omar en profiterait pour mastiquer le pain qui était dans sa poche et qu'il n'avait pas pu donner à Veste-de-kaki.

Le maître fit quelques pas entre les tables ; le bruissement sourd des semelles sur le parquet, les coups de pied donnés aux bancs, les appels, les rires, les chuchotements s'évanouirent. L'accalmie envahit la salle de classe comme par enchantement : s'abstenant de respirer, les élèves se métamorphosaient en merveilleux santons. Mais en dépit de leur immobilité et de leur application, il flottait une joie légère, aérienne, dansante comme une lumière.

M. Hassan, satisfait, marcha jusqu'à son bureau, où il feuilleta un gros cahier. Il proclama :

— La Patrie.

L'indifférence accueillit cette nouvelle. On ne comprit pas. Le mot, campé en l'air, se balançait.

— Qui d'entre vous sait ce que veut dire : Patrie ?

Quelques remous troublèrent le calme de la classe. La baguette claqua sur un des pupitres, ramenant l'ordre. Les élèves cherchèrent autour d'eux, leurs regards se promenèrent entre les tables, sur les murs, à travers les fenêtres, au plafond, sur la figure du maître ; il apparut avec évidence qu'elle n'était pas là. Patrie n'était pas dans la classe. Les élèves se dévisagèrent. Certains se plaçaient hors du débat et patientaient benoîtement.

Brahim Bali pointa le doigt en l'air. Tiens, celui-là ! Il savait donc ? Bien sûr. Il redoublait, il était au courant.

— La France est notre mère Patrie, ânonna Brahim.

Son ton nasillard était celui que prenait tout élève pendant la lecture. Entendant cela, tous firent claquer leurs doigts, tous voulaient parler maintenant. Sans permission, ils répétèrent à l'envi la même phrase.

Les lèvres serrées, Omar pétrissait une petite boule de pain dans sa bouche. La France, capitale Paris. Il savait ça. Les Français qu'on aperçoit en ville, viennent de ce pays. Pour y aller ou en revenir, il faut traverser la mer, prendre le bateau... La mer : la mer Méditerranée. Jamais vu la mer, ni un bateau. Mais il sait : une très grande étendue d'eau salée et une sorte de planche flottante. La France, un dessin en plusieurs couleurs. Comment ce pays si lointain est-il sa mère ? Sa mère est à la maison, c'est Aïni ; il n'en a pas deux. Aïni n'est pas la France. Rien de commun. Omar venait de surprendre un mensonge. Patrie ou pas patrie, la France n'était pas sa mère. Il apprenait des mensonges pour éviter la fameuse baguette d'olivier. C'était ça, les études. Les rédactions : décrivez une veillée au coin du feu... Pour les mettre en train, M. Hassan leur faisait des lectures où il était question d'enfants qui se penchent studieusement sur leurs livres. La lampe projette sa clarté sur la table. Papa, enfoncé dans un fauteuil, lit son journal et maman fait de la broderie. Alors Omar était obligé de mentir. Il complétait : le feu qui flambe dans la cheminée, le tic-tac de la pendule, la douce atmosphère du foyer pendant qu'il pleut, vente et fait nuit dehors. Ah ! comme on se sent bien chez soi au coin du feu ! Ainsi : la maison de campagne où vous passez vos vacances. Le lierre grimpe sur la façade ; le ruisseau gazouille dans le pré voisin. L'air est pur, quel bonheur de respirer à pleins poumons ! Ainsi : le laboureur. Joyeux, il pousse sa charrue en chantant, accompagné par les trilles de l'alouette. Ainsi : la cuisine. Les rangées de casseroles sont si bien astiquées et si reluisantes qu'on peut s'y mirer. Ainsi : Noël. L'arbre de Noël qu'on plante chez soi, les fils d'or et d'argent, les boules multicolores, les jouets qu'on découvre dans ses chaussures. Ainsi, les gâteaux de l'Aïd-Seghir, le mouton qu'on égorge à l'Aïd-Kebir... Ainsi la vie !

Les élèves entre eux disaient : celui qui sait le mieux mentir, le mieux arranger son mensonge, est le meilleur de la classe.

Omar pensait au goût du pain dans sa bouche : le maître, près de lui, réimposait l'ordre. Une perpétuelle lutte soulevait la force animée et liquide de l'enfance contre la force statique et rectiligne de la discipline. M. Hassan ouvrit la leçon.

— La patrie est la terre des pères. Le pays où l'on est fixé depuis plusieurs générations.

Il s'étendit là-dessus, développa, expliqua. Les enfants, dont les velléités d'agitation avaient été fortement endiguées, enregistraient.

— La patrie n'est pas seulement le sol sur lequel on vit, mais aussi l'ensemble de ses habitants et tout ce qui s'y trouve.

Impossible de penser tout le temps au pain. Omar laisserait sa part de demain à Veste-de-kaki. Veste-de-kaki était-il compris dans la patrie ? Puisque le maître disait... Ce serait quand même drôle que Veste-de-kaki... Et sa mère, et Aouicha, et Mériem, et les habitants de Dar-Sbitar ? Comptaient-ils tous dans la patrie ? Hamid Saraj aussi ?

— Quand de l'extérieur viennent des étrangers qui prétendent être les maîtres, la patrie est en danger. Ces étrangers sont des ennemis contre lesquels toute la population doit défendre la patrie menacée. Il est alors question de guerre. Les habitants doivent défendre la patrie au prix de leur existence.

Quel était son pays ? Omar eût aimé que le maître le dît, pour savoir. Où étaient ces méchants qui se déclaraient les maîtres ? Quels étaient les ennemis de son pays, de sa patrie ? Omar n'osait pas ouvrir la bouche pour poser ces questions à cause du goût du pain.

— Ceux qui aiment particulièrement leur patrie et agissent pour son bien, dans son intérêt, s'appellent des patriotes.

La voix du maître prenait des accents solennels qui faisaient résonner la salle.

Il allait et venait.

M. Hassan était-il patriote? Hamid Saraj était-il patriote aussi? Comment se pouvait-il qu'ils le fussent tous les deux? Le maître était pour ainsi dire un notable; Hamid Saraj, un homme que la police recherchait souvent. Des deux, qui le patriote alors? La question restait en suspens.

Omar, surpris, entendit le maître parler en arabe. Lui qui le leur défendait ! Par exemple ! C'était la première fois ! Bien qu'il n'ignorât pas que le maître était musulman, — il s'appelait M. Hassan, — ni où il habitait, Omar n'en revenait pas. Il n'aurait même pas su dire s'il lui était possible de s'exprimer en arabe.

D'une voix basse, où perçait une violence qui intriguait :

— Ça n'est pas vrai, fit-il, si on vous dit que la France est votre patrie.

Parbleu ! Omar savait bien que c'était encore un mensonge.

M. Hassan se ressaisit. Mais pendant quelques minutes il parut agité. Il semblait être sur le point de dire quelque chose encore. Mais quoi ? Une force plus grande que lui l'en empêchait-elle?

Ainsi, il n'apprit pas aux enfants quelle était leur patrie.

A onze heures, aux portes mêmes de l'école, une bagarre s'engagea à coups de pierres. Elle se poursuivit encore sur la route qui longeait les remparts de la ville.

Violentes, parfois sanglantes, ces rencontres duraient des journées entières. Les deux camps, composés de gamins de quartiers différents, comptaient bon nombre de tireurs hors-ligne. Ceux du groupe d'Omar l'emportaient par leur habileté, leur prestesse, leur témérité. Ils étaient les plus redoutés, bien que peu nombreux. Quand on disait : les enfants de Rhiba, on évoquait de vrais démons que personne ne prétendait mettre à la raison. Que de fois ils avaient poursuivi leurs adversaires au centre même de la ville et jusqu'au Grand Bassin en semant la terreur parmi les paisibles citadins !

Par ces journées d'hiver, comme une bande de chacals, ils envahissaient des chantiers où ils arrachaient des planches qu'ils brûlaient. Ils alimentaient de grands feux qu'ils entretenaient dans les terrains vagues et se rassemblaient autour, grands et petits, émettant des cris bizarres pour rompre le silence.

Pour ses jeux, Omar ne connaissait d'autres lieux que la rue. Personne, et sa mère moins que quiconque, ne l'empêchait, quand il se réveillait, de courir vers la rue. Ils avaient déménagé des dizaines de fois, mais dans chaque quartier il existait un passage au milieu des derbs [1], des lotissements en construction, que tous les enfants de l'endroit élisaient comme lieu de leurs ébats. Omar passait là son temps libre, autant dire toute la journée ; décidant souvent qu'il n'avait rien d'intéressant à faire à l'école, il rejoignait les autres gamins. On aurait étonné sa mère si on se fût avisé de lui dire qu'il n'était pas bien indiqué de laisser un enfant traîner de la sorte, n'importe où, qu'il risquait de se dévoyer, d'acquérir des goûts de vagabondage et de paresse. Qui sait? Puisqu'il n'était pas simplement livré à ses seules fantaisies mais aussi à l'influence de garçons plus âgés que lui, des garnements bruyants, cyniques, chapardeurs qui infestaient ces quartiers. Leur âge, leurs poings, leur permettaient de le dominer. Ces drôles, que rien n'intimidait, erraient dans la ville en quête de mauvais coups à tenter, de plaisanteries brutales. Ils ne perdaient jamais l'occasion de donner libre cours à l'insolence dont s'enveloppait leur obscure angoisse.

Ils se montraient encore plus brutaux et plus irrespectueux à la vue des habitants honnêtes et

1. Derbs : ruelles très étroites et sinueuses qui serpentent à travers les quartiers de l'ancienne ville.

bien mis. Ceux-ci les considéraient d'un œil malveillant, les traitaient de propres-à-rien, capables de tout... Mais les enfants n'en avaient cure!

Comme des forcenés, ils s'opposaient tout de suite entre eux, dès qu'ils se retrouvaient, et se livraient bataille. Cela se terminait la plupart du temps dans le sang. Il y en avait toujours qui finissaient par recevoir un caillou en plein visage ou sur le crâne. Lorsque dans un camp le sang jaillissait, ceux du camp d'en face prenaient leurs jambes à leur cou avec de grands cris de joie sauvage, de longs : Hou ! Hou ! de mépris, qu'ils accompagnaient d'agiles cabrioles. Les autres s'approchaient avec gêne des victimes, leurs bras retombant gauchement le long du corps. Ils gardaient longtemps les cailloux dans les mains ; leurs poches en étaient bourrées. Ils dévisageaient les blessés et, sans mot dire, s'éloignaient. Ils se débarrassaient de leurs pierres et du même coup de la mauvaise conscience qui les avait submergés un instant. Ils s'en allaient en proie à une vive allégresse, tandis que les blessés fondaient bruyamment en larmes. Les plus courageux serraient les dents et se taisaient ; ils ne quittaient les lieux du combat qu'armés de toutes leurs pierres.

Depuis qu'il avait eu la tempe ouverte, Omar prenait peur de ces bagarres.

Les tout-petits se trouvaient enrôlés d'office pour récupérer sur le champ de bataille, où ils étaient poussés de force, tous les cailloux que les adversaires se lançaient. Les grands qui faisaient la guerre étaient souples et adroits. Face à l'ennemi, ils voyaient venir les projectiles et les esquivaient à temps. Mais les ramasseurs, continuellement baissés, n'avaient aucune protection. Si quelque pierre les atteignait, les aînés ne s'en souciaient pas plus que si elle avait frappé un mur.

De ces enfants anonymes et frileux comme Omar, on en croisait partout dans les rues, gambadant nu-pieds. Leurs lèvres étaient noires. Ils avaient des membres d'araignée, des yeux allumés par la fièvre. Beaucoup mendiaient farouchement devant les portes et sur les places. Les maisons de Tlemcen en étaient pleines à craquer, pleines aussi de leurs rumeurs.

Jeudi. Omar n'avait pas classe. Aïni ne savait comment se défaire de lui. Elle déposa au milieu de la pièce un brasero bourré de poussière de charbon qui brûlait difficilement. On pensait : c'en est fini du froid ; puis l'hiver faisait un brusque retour sur la ville et incisait l'air avec des millions d'arêtes tranchantes. A Tlemcen, quand en février la température tombe, il neige sûrement.

Omar appliquait sur le carreau ses pieds, qui étaient de glace.

Les jambes nues jusqu'aux genoux, vêtue d'une mince tunique retroussée par-dessus des pantalons de toile, les épaules serrées dans un fichu en haillons, Aïni grondait, prise d'une agitation fébrile.

— Omar, resteras-tu tranquille ! fit-elle.

L'enfant couvait le brasero. Il en remua le fond. Quelques braises vivotaient dans la cendre. Il se rôtissait les mains, qui blanchissaient peu à peu, énormes comme des fruits blets, et les appliquait sur ses pieds. Le dallage rouge vif faisait mal à voir. Omar se recroquevilla devant le fourneau...

Le brasero défaillait dans la chambre sombre et humide. Omar ne réchauffait que ses mains ; ses pieds le démangeaient irrésistiblement. Le froid, un froid immobile, lui griffait la peau.

Il cala son menton sur ses genoux. Accroupi en chien de fusil, il amassait de la chaleur. Ses fesses posées sur une courte peau de mouton pelée étaient endolories. Il finit par somnoler, serré contre lui-même, avec la pensée lancinante qu'il n'y avait rien à manger. Il ne restait que de vieux croûtons que la tante leur avait apportés. La matinée, grisâtre, s'écoulait minute après minute.

Soudain, un frémissement lui parcourut le dos : il se réveilla, les jambes engourdies et pleines de fourmillements. Le froid pinçait intolérablement. Le fourneau avait disparu : Aïni l'avait emporté.

A l'autre extrémité de la pièce, assise en tailleur, le brasero posé sur une de ses cuisses, elle marmonnait toute seule.

Elle le vit ouvrir les yeux :

— Voilà tout ce que nous a laissé ton père, ce propre à rien : la misère ! explosa-t-elle. Il a caché son visage dans la terre et tous les malheurs sont retombés sur moi. Mon lot a été le malheur. Toute ma vie ! Il est tranquille, dans sa tombe. Il n'a jamais pensé à mettre un sou de côté. Et vous vous êtes fixés sur moi comme des sangsues. J'ai été stupide. J'aurais dû vous lâcher dans la rue et fuir sur une montagne déserte.

Mon Dieu, qui pouvait l'arrêter à présent? Son regard noir, tourmenté, luisait.

— Mon destin de malheur, murmura-t-elle.

Omar se taisait.

Elle en voulait sûrement à quelqu'un. Mais à qui? Elle commença par se répandre en diatribes contre des fantômes. L'enfant, devant cette colère qui montait, ne comprenait plus. Y avait-il quelqu'un d'autre dans la chambre? Grand'mère, mais...

Grand'mère Mama était couchée derrière Omar. Ils l'avaient recueillie la veille; son fils l'avait gardée trois mois; c'était maintenant au tour d'Aïni de la prendre pendant trois mois aussi. Grand'mère Mama était paralytique. Elle conservait néanmoins sa lucidité; son regard bleu, net, brillait de son ancien éclat : presque enjoué. Pourtant, malgré le rayonnement de bonté qui en émanait, ses yeux se figeaient en une expression froide et dure à certains moments. Son visage, un joli petit visage de vieille, rose, propre, était encadré d'une gaze blanche. On devait aider Grand'mère pour tout, pour manger, se retourner, faire ses besoins...

Omar frissonnait insensiblement. Déposant le brasero par terre, Aïni pivota sur place et regarda Grand'mère :

— Pourquoi ne te garde-t-il pas, ton fils? Quand tu servais de domestique à sa femme pendant des années, tu étais intéressante! Quand tes pieds ne t'ont plus portée, il t'a jetée comme une ordure? Maintenant tu n'es plus bonne à rien? C'est ça?

Aïni se dressait sur ses genoux pour lui souffler sa rancune au visage. Grand'mère essaya de l'apaiser :

— Aïni, ma fille. Ma petite mère ! Maudis le Malin, c'est lui qui te met ces idées en tête.

— Puisses-tu étouffer sur ta couche ! Pourquoi n'as-tu pas refusé de te laisser amener ici ?

— Que pouvais-je faire, ma petite ?

— C'est sa femme qui t'a envoyée chez moi. Lui, il lui lécherait les pieds. Elle travaille pour le nourrir et il passe son temps à rouler dans les cafés. Fils de chien qu'il est ! Tais-toi, je ne veux pas t'entendre. Je ne veux pas entendre le son de ta voix ! Tais-toi ! Tais-toi ! Dieu vous a jetés sur moi comme une vermine qui me dévore.

Les yeux de Grand'mère suppliaient. Omar eut envie de courir vers la rue, de sortir. Il voulait crier ; mais le visage de sa mère s'interposa entre lui et la porte. Il s'aplatit contre terre et ne remua plus. Il était prêt à hurler ; s'il se faisait entendre des voisins, peut-être accourraient-ils et le délivreraient-ils de l'impitoyable étreinte de sa mère. Mais elle ne le toucha pas ; il resta couché sur le sol jusqu'au moment où, d'une voix perçante, elle lui commanda :

— Lève-toi ; viens.

Il se redressa et s'approcha avec une lenteur calculée. D'un signe de tête, elle lui enjoignit de soulever Grand'mère.

Il redressa son aïeule avec Aïni. Omar se demandait ce qui allait se passer. Il suivait sa mère avec anxiété quand il s'aperçut qu'elle entraînait Grand'mère dehors. Grand'mère, affolée, ne s'arrêtait pas d'implorer :

— Aïni, Aïni, ma fille !

Aïni les tirait tous les deux. Ils s'en allèrent, emportant la vieille femme tout au long de la galerie, jusqu'à la cuisine, où Aïni, lâchant prise, la laissa s'effondrer mollement sur le carrelage.

Omar tremblait. Les plaintes de Grand'mère étaient empreintes d'une angoisse sans nom, et si effrayantes qu'il ressentit le besoin de hurler à son tour.

La cuisine de l'étage était une grande pièce aux murs noirs, pavée de larges dalles encombrées de toutes sortes d'objets ; démunie de porte, elle était envahie par un petit jour peureux. Le froid ici touchait la mort.

Aïni semblait avoir découvert ce qu'elle désirait. Retirant une chaise poudreuse du milieu du bric-à-brac, elle la posa derrière Grand'mère qu'elle fit asseoir dessus ; en s'éloignant, elle dit à son fils :

— Viens, toi.

Ils abandonnèrent la vieille dont le visage pâlissait. Son regard vacillait. « Mourir, mourir », disait-il.

Omar hurla.

— Tu es fou, de crier comme ça ?

Aïni se jeta sur lui.

— Tu sais ce qu'il va t'arriver, fit-elle dans un chuchotement.

Omar inclina la tête ; brusquement il dit :

— Je m'en fous !

Et il se sauva ; elle le suivit à grandes enjambées. Il traversa la cour d'un seul élan et regagna le vestibule pour fuir dans la rue. Arrivée à la porte, sa mère, qui n'avait pas son voile, ne put aller plus loin. Elle l'accabla de malédictions.

— La ferme, putain ! répliqua-t-il.

Il prit le large. Des passants venaient dans la ruelle : Aïni se retira. Quand ils furent devant la maison, elle les pria à travers la porte de lui ramener son fils. Mais Omar, déjà loin, filait à toute allure. En rentrant, Aïni referma la porte retirant ainsi au gamin la possibilité de revenir sans qu'elle en fût avertie.

Il traînailla dehors, le temps qu'elle pût oublier sa colère. Il retourna ensuite à Dar-Sbitar. Il se coulait vers la chambre, quand Aïni l'aperçut. Aussitôt, elle bondit à ses trousses. Omar se sauva. Il se mit à blasphémer.

— Maudite ! Maudits, tes père et mère !

Il galopa de nouveau vers la rue. Un vent glacial balayait l'étroite venelle. Il chercha un endroit où s'abriter. Il renonçait à revenir à Dar-Sbitar maintenant ; mais il était furieux d'avoir été mis à la porte de cette manière.

Une entrée d'immeuble : il s'y faufila. Il se tapit entre le battant, qui était poussé, et une poubelle. Son pied le tourmentait ; la blessure de l'autre jour, rouverte, lui faisait mal. Le vent s'ébrouait sans arrêt dans cette maison. Qu'allait-il faire à présent ?

Le froid lui léchait la figure. En de pareils moments, il souhaitait retrouver son père, son père qui était mort. Mais ce qu'il découvrait était intolérable : son père ne reviendrait jamais auprès de lui, personne ne pouvait le ramener.

Il n'allait pas passer toute la nuit dans la rue! Se voir administrer une correction, dès qu'il apparaîtrait à la maison, ne l'effrayait pas. Que lui importait ! on pouvait tout lui faire : il ne s'y opposerait pas. Il était comme mort, rien ne lui arriverait qui l'intéressât. Il ne souffrait pas ; il ne souffrait plus ; son cœur était de pierre. Il avait décidé d'aller s'offrir aux coups sans tenter de se soustraire à aucun, et de voir quelles seraient les limites de sa résistance. Il portait en lui un défi ; qui, le premier, se fatiguerait, lui d'endurer ou les autres de le faire souffrir? Or, il était persuadé qu'il ne lâcherait pas, qu'il tiendrait jusqu'au bout.

C'est cela : il devait rentrer, rien d'autre à faire. Pourquoi fuir?

Mais, pourquoi ne pas se tuer? Ne pas se jeter du haut d'une terrasse? Il chercha autour de lui : personne dans le corridor. Il se roula en boule pour se faire plus petit dans son coin. C'était ça, c'était ça : mourir. Qui se soucierait de lui, après? Un petit accident et puis on est tranquille. Sa mère ne le retrouverait plus. C'était le meilleur tour qu'il pouvait imaginer de lui jouer.

Un claquement de pas résonna à ses côtés; il sursauta. Déjà la nuit.

Comment être chez soi, dans une chambre? Et son cœur qui cognait, énorme... Blotti près de cette poubelle, allait-on le prendre pour un mendiant? Mais non ! Dans cette maison de Français, si on venait à s'apercevoir de sa présence, on ne le prendrait pas pour autre chose qu'un petit voleur. On ameuterait contre lui les locataires, le quartier même, et tout Tlemcen...

Il se glissa à l'extérieur. Personne ne l'avait remarqué. A présent, il faut rentrer. Ce n'est qu'un jeu que tout cela. Sa mère n'a aucune raison de lui administrer une râclée. A aucun moment, elle n'a eu l'idée de le faire souffrir.

A mesure qu'il se dirigeait vers Dar-Sbitar, Omar entendait de stridents hurlements. Il reconnaissait cette voix. Il hâta le pas. Il n'avait rien mangé depuis le matin, et ses jambes très faibles ne le portaient plus.

Ces cris, c'était sa mère, postée à l'entrée de Dar-Sbitar, qui les lançait.

— Omar ! Omar ! s'époumonait-elle.

Des gens passaient, silencieux et indifférents. Attardées, fantômales dans leurs voiles blancs, des femmes se pressaient. Il parvint devant la maison. Aïni le vit. Saisi de panique, il s'arrêta.

— Entre, fit-elle.

Omar demeura immobile. Il se cramponna au mur, car il se sentait sans forces. Les criailleries de sa mère s'accentuèrent.

— Gorha ! Quilla !

L'image de Grand'mère étalée sur le carreau de la cuisine, incapable de bouger, avec des lueurs d'épouvante dans les yeux, lui revint à l'esprit. Était-elle encore vivante ? Sa mère l'avait-elle frappée ? Il eut l'impression que tout s'écroulait autour de lui. De nouveau, il voulut cesser de vivre. Il pleura doucement. Les pieds nus de sa mère et le bas de sa robe traversèrent vivement la rue. Elle était devant lui sans son haïk, mais il faisait nuit noire.

Aïni l'entraîna par le bras ; ils retraversèrent la ruelle et s'enfoncèrent dans la maison. Ils n'avaient pas encore parcouru le vestibule qu'Omar s'écroula.

Sa mère le souleva. L'enfant interrogea son visage tendu qui le fixait. Elle le transporta jusqu'à la chambre et le déposa sur sa peau de mouton. Elle l'étendit, la tête posée sur un bras. Omar ne bougea pas.

La figure de sa mère s'éloigna. Sur sa litière, l'enfant ne soufflait mot. Il lui semblait qu'il était couché ici depuis des siècles. Lorsque le tintamarre et les bruits de voix qui lui remplissaient la tête s éteignirent, il se sentit abandonné, solitaire, rejeté de la vie. Il entendit encore quelques voix toutes proches. Quel frisson le long de son corps ! Quelque chose lui disait qu'il allait sombrer ou disparaître. Il entrouvrit les yeux.

Sa mère était en train de faire ses prières ; debout, raide, elle se tint ainsi longtemps ; soudain, plié en deux, son corps se brisa. Elle se prosterna, face contre terre.

Omar avait mal aux yeux ; il ne pouvait plus rien voir, n'ayant même pas la force de tenir ses paupières écarquillées.

Et ses jambes frémissaient sans fin. Il commençait à avoir si mal d'être étendu. Quand viendrait le repos ?

Mars vint. Le deuxième dimanche de ce mois fut un jour mémorable pour Dar-Sbitar...

Réveillé comme par un coup d'ailes, Omar bondit sur ses pieds. Dar-Sbitar bourdonnait. La rumeur remplissait les moindres recoins de l'énorme maison, gagnait les renfoncements les plus sombres, cependant que des coups violents, impatients, étaient assenés à la porte extérieure.

Omar et ses deux sœurs sortirent de la chambre. Sans bien voir où elle plaçait ses pas, toute ensommeillée, Aïni accourut vers la rampe de fer qui courait le long de la galerie. Des mèches flottaient en broussaille au-dessus de sa tête, son foulard ne pouvait les retenir.

— Qu'est-ce qui se passe?

Elle arrangea sa coiffure.

— Mais que se passe-t-il donc ?

C'était un tumulte incompréhensible : les locataires s'élançaient hâtivement des pièces, les uns à la suite des autres, et se rassemblaient dans la cour. Des chuchotements, de brusques éclats de voix, des vagissements de nourrissons, des frôlements de pieds nus, se répandaient dans les galeries, la cour, les chambres : c'en était fait du calme et de l'épaisse tiédeur du matin. Les premières lueurs de l'aube pointaient. La nuit se dissipait, comme en cachette.

Des coups de heurtoir, puis des coups de bottes, ébranlèrent sans arrêt la grande porte cloutée qui demeurait close. Personne, à l'intérieur, ne chercha à s'en approcher. On s'interrogeait :

— Qu'est-ce qu'il y a ? Qu'est-ce qui arrive, bonnes gens !

Omar sauta dans l'escalier et disparut si prestement que sa mère n'eut pas le temps d'esquisser un mouvement.

— Omar ! Omar ! Reviens... La fièvre noire t'emporte !

L'enfant s'infiltra dans le groupe de femmes qui s'était formé dans la cour et stationnait à l'entrée du vestibule.

— Chut ! Chut ! ordonna-t-on.

— Aïni, tais-toi, s'écria Zina. Bouh ! laisse-nous entendre ce qui se passe. Qu'est-ce que cette catastrophe ?

Sans se rendre aux injonctions qui lui parvenaient de toutes parts, Aïni s'obstinait à vitupérer :

— Omar ! Quilla ! Reviens, si tu ne veux pas que je te coupe en morceaux.

Ses menaces restèrent sans effet, comme d'habitude.

Il se fit bientôt une animation anxieuse, frémissante. Les femmes se consultaient sur ce qu'il fallait faire. Allait-on ouvrir ou non ? L'inquiétude s'emparait de chacun. A petits pas, la vieille Aïcha vint dans la cour en s'appuyant aux murs. Levant les yeux au ciel :

— Mon Dieu, si tu veux bien accepter ma prière, protège-nous, implora-t-elle à mi-voix.

Elle s'agenouilla. Ses lèvres remuaient imperceptiblement.

Les hommes avancèrent de quelques pas. Ils n'allèrent pas plus loin que le seuil de chaque chambre. Quelques-uns s'occupaient à resserrer le cordon de leur culotte bouffante. Une femme décida :

— Par Dieu, j'ouvrirai et on saura bien qui c'est !

C'était Sennya qui jurait ainsi : celle-là, elle n'avait peur de rien, elle faisait toujours ce qu'elle disait.

— Ça ne peut être que la police. Tu n'entends pas le bruit qu'ils font? Il n'y a qu'eux pour s'annoncer de la sorte.

L'homme qui jeta ces paroles à haute voix se tut.

Tout le monde pensa comme lui.

Ça ne pouvait être que la police.

Sennya entrouvrit tout de même la porte et passa sa tête dans l'entrebâillement : c'étaient bien des policiers, — une dizaine —, massés dans la ruelle ! Sennya eut un mouvement de recul. Mais elle se maîtrisa et leur demanda ce qu'ils venaient chercher ici. Cette Sennya, elle avait du courage !

— Nous n'avons ni voleurs, ni criminels, chez nous ! dit-elle. Que voulez-vous?

— Ce que nous voulons ! répliqua un agent. Laisse le passage.

La troupe de policiers s'engouffra dans le vestibule. Parmi eux, trottait un petit gros en costume marron clair. Il faisait attention à ne pas le tacher.

Effarées, les femmes se dispersèrent et disparurent en un clin d'œil dans les premières pièces qui s'étaient présentées à elles. La peur leur faisait perdre la tête comme à une volée de moineaux.

Omar se trouva seul dans la cour. Son sang buta contre ses tempes. Des agents de police ! Son cœur voulait jaillir de sa poitrine. Cloué sur place, il aurait désiré pouvoir crier : « Maman ! » Son front était moite. Brusquement il hurla :

— Les agents de police ! Les agents de police ! Les voilà ! Les voilà !

Il pensa : Ma, je t'en supplie, je ne te referai plus de peine ; protège-moi, protège-moi, seulement.

Il souhaita ardemment la présence d'Aïni près de lui pour qu'elle le recouvrît de sa toute-puissance de mère, pour qu'elle élevât autour de lui une muraille impossible à franchir. Les agents lui faisaient si peur ; ces agents, il les détestait. Sa mère, où était-elle ? Où était ce ciel tutélaire ? Il continua à crier :

— Les policiers ! Les policiers !

Retrouvant d'un coup l'usage de ses jambes, il courut se terrer chez Lalla Zohra.

Les agents de l'ordre occupaient la cour ; ils s'adressèrent à la maison :

— N'ayez pas peur. Ne craignez pas pour vous. Nous ne sommes pas venus vous faire du mal. Nous n'accomplissons que notre travail. Dans quelle chambre habite Hamid Saraj ?

L'agent qui avait parlé à Sennya au début, discourait cette fois en arabe.

Aucune réponse. Dar-Sbitar semblait avoir été

abandonnée en une seconde par ses occupants ; on la sentait pourtant attentive.

— Alors, vous ne savez pas ?

L'air s'épaississait à mesure que se prolongeait le silence. Les policiers sentaient que Dar-Sbitar était devenue brusquement ennemie. Dar-Sbitar s'enfermait dans sa crainte et dans son défi. Dar-Sbitar, dont ils avaient troublé le sommeil et la paix, montrait les dents.

Les policiers frappaient le dallage sonore de leur talon. L'écho élargissait le vide qui s'étendait entre les gens de la maison et les hommes de l'Autorité.

Tout à coup une porte claqua avec fracas au rez-de-chaussée, et la courte stature de Fatima apparut. Les argousins, en une charge lourde, arrivèrent sur elle.

— Ne vous donnez pas de mal, leur dit-elle. Mon frère n'est pas ici.

Deux agents déjà l'entouraient, mais cela ne paraissait pas l'affecter ; les autres policiers s'étaient introduits en un clin d'œil dans sa chambre.

Alors, une à une, les femmes revinrent dans la cour. La vieille Aïcha, sans aucune appréhension, déclara :

— Qu'a-t-il fait, ce garçon ? Nous le connaissons depuis qu'il courait dans la rue. Nous n'avons jamais rien eu à lui reprocher. Il ne ferait pas de mal à une fourmi. Avec quoi ferait-il du mal ?

Comprenaient-ils, ou ne comprenaient-ils pas ? Les hommes de la force publique ne bronchaient pas ; leurs yeux vides ne se fixaient sur rien.

Un émoi de ruche excitée agitait la demeure, les femmes s'entretenaient toutes à la fois ; le brouhaha s'enflait.

Les policiers fouillaient la pièce : ils avaient emmené Fatima à l'intérieur de la chambre. En même temps, des sanglots partirent du recoin sombre où Omar était blotti. Alors l'enfant se souvint qu'il s'était réfugié chez Lalla Zohra. Il ne savait pourquoi, par exemple. Mais il était content. Une brave femme, Lalla Zohra ; il l'aimait bien. Son visage portait une expression de douceur jamais vue chez d'autres ; elle ne cessait pas de sourire.

Les pleurs continuaient. Menoune, malade, était couchée là, depuis que son mari l'avait renvoyée chez sa mère. La vieille femme la veillait.

— Rendons grâces au Ciel pour ses bienfaits, prononça Lalla Zohra.

Ses regards étaient tournés vers la cour.

Menoune répétait dans ses sanglots :

— De ma vie, ma petite mère. De ma vie.

Ces paroles réitérées sur un ton d'absolue certitude avaient fait tressaillir le cœur d'Omar : quelque chose de définitif, semblait-il, venait de se décider. Omar en eut vaguement le pressentiment.

Il considéra la forme étendue. Lalla Zohra assise à ses côtés, les jambes croisées, embrassait de temps à autre la malade, très ébranlée. Dans ses deux mains, elle lui enfermait les siennes.

— Tu seras guérie, ma chérie. Dans un mois. Tu retourneras auprès de tes petits... Si tu es bien sage. Le docteur l'a dit...

La vieille femme parlait comme à un enfant.

Omar fit effort sur lui pour demeurer tranquille. La voix de Menoune s'éleva, pleine de tristesse.

— Je sais très bien que je vais mourir, ma petite mère. Je ne te reverrai plus ; je ne reverrai plus mes enfants, de ma vie.

Elle baissa la voix. Elle redit « De ma vie, mes enfants ». Et elle se calma.

Après quelques instants d'accalmie, elle se mit à chantonner à voix basse :

Quand la nuit se brise
Je porte ma tiédeur
Sur les monts acérés
Et me dévêts à la vue du matin
Comme celle qui s'est levée
Pour honorer la première eau :

Étrange est mon pays où tant
De souffles se libèrent,
Les oliviers s'agitent
Alentour et moi je chante :
— Terre brûlée et noire,
Mère fraternelle,
Ton enfant ne restera pas seule
Avec le temps qui griffe le cœur ;
Entends ma voix
Qui file dans les arbres
Et fait mugir les bœufs.

Brusquement, Menoune recommença à pleurer. Sa mère voulut parler, mais ne put que secouer la tête. Elle regarda Omar, puis autour d'elle comme pour implorer aide et réconfort. La voix de Menoune modulait à cet instant une antienne funèbre qui n'était que pour elle-même.

— Vous ne reverrez plus, dit-elle, plus votre mère, mes enfants.

Le doux visage de Lalla Zohra parut fatigué ; l'enfant ressentit cette peine comme une parcelle d'une immense douleur.

Le premier moment de frayeur passé, les femmes, qui avaient retenu leurs maris dans les chambres, s'enhardissaient, narguant la maréchaussée.

Fatima parut, l'agent qui lui serrait le bras, l'ayant repoussée dehors. Elle se prit à pousser des lamentations interminables et s'envoya de grandes tapes sur les cuisses. Sa plainte monta, vrillante, et Dar-Sbitar tout entière vibra, pénétrée de part en part par la malédiction qu'elle proféra. Le cœur et la raison des locataires cédèrent sous la puissance de cette note stridente. De toute la maison, monta alors une rumeur inquiétante. Cette lamentation de haine et de fureur annonçait le malheur qui venait à grandes enjambées d'entrer dans Dar-Sbitar.

Les agents remuaient les papiers que Hamid avait réunis chez sa sœur. Ils les ramassaient et, pour cela, mettaient la pièce sens dessus dessous.

Fatima s'arrêta de crier ; elle se plaignit doucement :

— Bouh, Bouh, que va devenir mon frère ? Que vont-ils lui faire ? Bouh, bouh, pour mon frère...

Son désespoir difficile à déborder, monotone, infiniment lourd, cheminait comme un charroi fatigué.

Dans sa chambre, Menoune délirait faiblement. Depuis quelques jours, elle mêlait tout. Elle perdait conscience et ignorait ce qui se passait. Elle répétait encore :

— Je ne vous reverrai plus, mes petits.

Son chant revint sur ses lèvres, très doux, déchirant :

Ce matin d'été est arrivé
Plus bas que le silence,
Je me sens comme enceinte,
Mère fraternelle,
Les femmes dans leurs huttes
Attendent mon cri.

Sans se rendre certainement compte de ce qu'elle disait, elle reprit plusieurs fois :

Mère fraternelle,
Les femmes dans leurs huttes
Attendent mon cri.

Omar indécis, ne comprenait quelle aide il pouvait apporter. Les policiers remplissaient la grande demeure de leurs mouvements. Quand partiraient-ils ? Il écouta encore le chant qui s'éleva de l'obscurité de la chambre.

Pourquoi, me dit-on, pourquoi
Vas-tu visiter d'autres seuils
Comme une épouse répudiée ?
Pourquoi erres-tu avec ton cri,
Femme, quand les souffles
De l'aube commencent
A circuler sur les collines ?

Tout en haut de l'habitation, un autre cri de femme explosa ; c'était Attyka, une pauvre possédée, qui lançait ces clameurs. Il se forma un son aigu qui résonna sans relâche perçant le cœur endolori des gens de la maison. Et l'air se mit à trembler.

— Nous ne sommes venus que pour perquisitionner, hennit le petit gros. Voilà tout !

Omar ne demandait plus un morceau de pain trempé dans l'eau de la fontaine : quand les plus grands malheurs fondent sur nous, ils nous suffisent pour tromper notre faim. Il ne pensait plus à sa faim ; elle s'était estompée, devenue lointaine, et ne veillait en lui que comme un vague haut-le-cœur qu'il ne parvenait pas à refouler.

La tête lui tournait ; il mastiquait sa salive et l'avalait. Cela lui donnait une bizarre sensation de nausée. Il ne rencontrait qu'un vide à l'intérieur de lui-même : au-dessus de ce vide, se balançait le souvenir de ce qu'il avait mangé la veille. Mais comment, avec un dégoût semblable, pourrait-il encore tolérer un peu de nourriture ? Cette cendre des longues heures où il n'avait eu aucun aliment, il n'arriverait jamais à la cracher, à la cracher entièrement.

Moi qui parle, Algérie,
Peut-être ne suis-je
Que la plus banale de tes femmes
Mais ma voix ne s'arrêtera pas
De héler plaines et montagnes ;
Je descends de l'Aurès,
Ouvrez vos portes
Épouses fraternelles,
Donnez-moi de l'eau fraîche,
Du miel et du pain d'orge.

Le chant à peine flotta-t-il une fois de plus dans la pièce que les policiers firent irruption. Ils s'immobilisèrent ; ils ne distinguèrent d'abord rien dans la pénombre. Leur hésitation fut de courte durée, et, sans plus tarder, ils renversèrent tout.

S'approchant de Lalla Zohra et de sa fille, atterrées, ils traînèrent la malade, qui fut découverte jusqu'à mi-jambe. Ils furetèrent à l'endroit où elle était couchée.

Les sanglots de Menoune retentirent et se transformèrent en un appel ardent qui traversa la chambre bouleversée. Ce cri de chagrin, par lequel elle eût désiré expulser le mal qui lui rongeait la poitrine, jaillit plus puissant que le tapage et le tohu-bohu menés par les gens de la police. Et brusquement il redevint un chant.

Je suis venue vous voir,
Vous apporter le bonheur,
A vous et vos enfants ;
Que vos petits nouveau-nés
Grandissent,
Que votre blé pousse,
Que votre pain lève aussi
Et que rien ne vous fasse défaut,
Le bonheur soit avec vous.

Les policiers interloqués interrompirent leur fouille ; ils abandonnèrent la chambre et s'en furent de nouveau dans la cour.

Ils avaient interdit à Fatima d'entrer chez elle. Elle s'accroupit dans la cour avec ses gosses autour d'elle et attendit. Ils fouillèrent encore dans les livres d'Hamid, s'emparèrent de quelques volumes, de vieux journaux et de papiers. Ils en emportèrent une partie et éparpillèrent le reste dans la pièce et a cour. Enfin ils s'en allèrent ; Fatima put rentrer dans sa chambre.

La police opérait dans le quartier pour mille raisons : des jeunes gens et des hommes mûrs furent emmenés ainsi, qu'on ne revit plus.

A Dar-Sbitar s'élevaient encore les protestations véhémentes du vieux Ben Sari ; mais les forces de l'ordre étaient parties.

— ... Je ne veux pas me soumettre à la Justice, clamait-il. Ce qu'ils appellent la justice n'est que leur justice. Elle est faite uniquement pour les protéger, pour garantir leur pouvoir sur nous, pour nous réduire et nous mater. Aux yeux d'une telle justice, je suis toujours coupable. Elle m'a condamné avant même que je sois né. Elle nous condamne sans avoir besoin de notre culpabilité. Cette justice est faite contre nous, parce qu'elle n'est pas celle de tous les hommes. Je ne veux pas me soumettre à elle... Aïe, cette colère, on ne l'oubliera pas ! Ni la prison où des ennemis enferment nos hommes. Des larmes, des larmes, et la colère, crient contre votre justice... elles en auront bientôt raison, elles sauront bientôt en triompher. Je le proclame pour tous : qu'on en finisse ! Ces larmes pèsent lourd et c'est notre droit de crier, de crier pour tous les sourds... s'il en reste dans ce pays... s'il y en a qui n'ont pas encore compris. Vous avez compris, vous. Allons, qu'avez-vous à répondre ?...

Aïni versa le contenu bouillant de la marmite, une soupe de pâtes hachées et de légumes, dans un large plat en émail. Rien de plus, pas de pain ; le pain manquait.

— C'est tout? s'écria Omar. Une *tarechta* sans pain?

En arrêt devant la meïda et le plat qui fleurait le piment rouge, Omar, face à sa mère, Aouïcha et Mériem, se dressait, les jambes écartées, dans l'embrasure de la porte :

— Et c'est tout? répéta-t-il.

Cette fois c'était avec colère et dépit.

— Il n'y a plus de pain, dit Aïni. Le pain que nous a apporté Lalla est fini depuis hier.

— Comment allons-nous manger la soupe, Ma?

— Avec les cuillers.

Les cuillers plongèrent dans le plat : aussitôt Omar s'accroupit auprès des autres.

Ils lapaient en silence, avec une régularité quasi mécanique, la soupe qui leur ébouillantait la bouche.

Ils l'aspiraient et ils avalaient : une sensation de bonne chaleur leur descendait à l'intérieur du corps. C'était bon la soupe de l'hiver.

— Fille, doucement.

Aouïcha sursauta.

— Euh, moi ?

Elle s'étouffa, le visage en feu sous l'effet de la généreuse bouillie ; mais elle ne s'arrêta pas pour autant de lamper avec sa cuiller.

— Regarde Mériem, souffla-t-elle.

— Tu ne veux pas tout manger, Mériem ? menaça alors Aïni.

— Ne te gêne pas, si tu veux tout manger, ajouta Aouïcha.

Mériem, la plus jeune, redressa la tête : tous la fixèrent dans le blanc des yeux. Elle baissa la tête.

Le piment de Cayenne avec lequel Aïni épiçait la soupe leur cuisait la langue ; ils buvaient. Ils rebuvaient et rebuvaient encore, et le ventre leur ballonnait. C'était pour cette raison qu'Aïni faisait de telles tarechta.

— C'est pour ça ! recommandait leur mère.

Bientôt le peu de soupe qu'elle avait servi fut absorbé ; les cuillers ne raclaient plus que le fond du plat.

Leur faim se réveillait à présent, excitée par la nourriture brûlante qu'ils avaient ingurgitée.

Les enfants s'arrachèrent le plat qu'ils récurèrent avec acharnement. Ils recueillirent encore quelques gouttes de bouillie. Force leur était d'avoir recours à l'eau pour se remplir l'estomac. Penchés sur le grand seau qui était posé à côté d'Aïni, ils achevèrent de se rassasier.

Aïni les vit s'approcher.

— Mouchez-vous, les gosses, avant.

Tout de suite, ils s'écartèrent de la meïda et rampèrent, chacun vers un coin. L'un suivant l'autre, ils s'allongèrent sur le sol ; le silence se répandit dans la pièce.

Assise sur une peau de mouton, Aïni étendait ses jambes devant elle.

Plusieurs minutes s'écoulèrent ainsi ; se détachant d'une contemplation sans objet, elle pria Aouïcha d'enlever vite cette meïda.

— Toujours moi. Je me souhaite la mort. Peut-être après serai-je tranquille !

A son tour, elle ordonna à Mériem de l'aider à débarrasser.

Empoignant toutes deux la meïda, les filles s'éloignèrent vers la cuisine, la petite à reculons, Aouïcha la poussant devant elle.

A cette heure-là les locataires se renfermaient chez eux : Dar-Sbitar se reposait. C'était l'heure de la sieste. En ces premiers jours de mars, on se serait presque cru en été. Dans la chambre chacun se verrouillait sur une pensée personnelle. Il faut que nous ayons le ventre bien creux, songeait Aïni.

Ils s'étaient tous couchés sans s'être regardés. Figures de chien ! Figures de mauvais augure ! pensaient-ils. Figures, figures de lune ! Sans s'être regardés.

Les autres jours, où ils savaient qu'il n'y avait rien à manger, sans demander d'explication, ils s'allongeaient sur une couverture, une peau de mouton, par terre, ou à même le dallage, et observaient un silence obstiné. Le moment du repas, ils feignaient de l'ignorer. Parfois Mériem pleurait un peu.

Le reste de la journée, ils étaient moins sombres. Seulement quand se rapprochait l'heure de manger, leur unique préoccupation réapparaissait : alors Mériem et Omar interrompaient leurs jeux, arboraient des mines farouches.

Jadis Aïni parvenait à les calmer avec un stratagème : ils étaient encore tout gosses.

A condition qu'elle eût un peu de charbon, le soir, elle faisait chauffer la marmite et la laissait bouillir. Aux enfants qui attendaient patiemment, elle disait de temps en temps :

— Un peu de calme.

Ils poussaient de profonds soupirs résignés ; le temps passait.

— Petits, ça sera prêt dans un instant.

Un assoupissement invincible les terrassait, fondant du plomb sur leurs paupières. Ils s'endormaient, sombraient dans le sommeil, leur patience ne durant jamais longtemps. Dans la marmite, il n'y avait que de l'eau qui chauffait.

Zoulikha, qui habitait en bas, s'y prenait elle aussi de la même façon avec ses enfants, quatre moutards tenant à peine en équilibre sur leurs pattes molles. Le pain faisait aussi fréquemment défaut chez elle que chez Aïni.

— Que voulez-vous de moi ? criait-elle. Pauvre de moi ! Vous êtes ma honte. Où irai-je vous chercher ce pain ?

Elle prenait alors une poignée de haricots secs qu'elle semait à toute volée dans la chambre. Se jetant sur le sol, les marmots les cherchaient et dès qu'ils découvraient un des grains blancs éparpillés, ils se mettaient à le grignoter. Les petits se calmaient et la mère avait la paix pour un moment.

— Alors? vous avez déjeuné?... s'enquit la voisine qui se posta sur la marche de l'entrée.

— Aïe ! Ne disons pas, Zina ma chère, que nous avons déjeuné. Disons seulement que nous avons trompé la faim, répliqua Aïni. Nous souhaiterions, bien sûr ; nous souhaiterions...

Aïni parut s'abîmer dans une grande réflexion. Étaient-ce les paroles de la femme?

— Nous passons notre temps à tromper la faim, reprit-elle.

Silencieusement, elle rit.

— La faim déjouée, n'est-ce pas? Ce que nous faisons tous les jours, commenta la femme.

Elle voulait sans doute dire qu'elle en avait l'habitude aussi.

— Nous souhaiterions quelque chose de plus copieux à cette heure, poursuivit Aïni, qui ne prit pas garde à ce que disait Zina. J'en conviens... Nous n'arrivons même pas à avoir des fèves ou des petits pois. Ils ne coûtent presque rien en ce moment.

— Qui ne voudrait pas en avoir? reconnut l'autre.

La femme reprit :

— Mon fils Hamadi travaille. Mais ça n'est pas plus facile, à la vérité.

— Ça, petite sœur, dit Aïni, c'est moi qui suis le travailleur de la famille. Aïe ! qu'est-ce que je n'ai pas vu ! Qu'est-ce que je n'ai pas vu !

Cette voisine se montrait toujours cérémonieuse

et polie ; avec Aïni, elle était encline à plus de déférence encore.

— Et moi, dit-elle. Je n'ai rien vu?...

Zina se prit d'abord à parler sur un ton de confidence. Mais elle s'interrompit. Elle hésitait. Non point qu'elle eût fini de parler : elle regardait Aïni et ses gosses et voyait qu'ils avaient leur content de misère.

— Ils sont trois hommes, mes fils. Les femmes, trois aussi : moi et mes deux filles. Et il n'y a qu'un seul qui apporte à manger. Même avec la force qu'il a, mon deuxième ne peut pas faire vivre cinq autres personnes. Mais ceux qui ne travaillent pas tiennent tout de même à manger !

Elle n'était pas enchantée, Zina, de les avoir accablés. Ces paroles superflues, elle eût souhaité ne les avoir pas prononcées. Elle eût voulu que quelqu'un l'arrêtât, elle ne le pouvait pas d'elle-même.

— Pardonne-moi... protesta Aïni.

Elle essaya de paraître aussi polie que la femme.

— Moi, si j'étais toi, je ne parlerais pas comme ça.

Les enfants couchés sur le sol ne desserraient pas les dents, n'esquissaient pas un seul geste. Ils écoutaient discrètement. Aouïcha se souleva un peu, considéra les deux femmes et reprit sa position.

— Comme on voudra, rétorqua la voisine. En fin de compte, ça revient au même.

— C'est que moi, s'excusa Aïni, je ne dissimule pas ma pensée. Je dis ce que j'ai dans le cœur. Je crois devoir te dire que tu es un peu injuste.

— J'ai pour toi l'admiration la plus grande, approuva la voisine. Travailleuse telle que je te connais, tu dois être l'orgueil de ta famille, et sa providence. L'orgueil de ceux qui vivent avec toi... Qui vivent de ton travail... J'ai de l'admiration !...

— Oui, c'est moi qui travaille pour tous ici. Tu les vois de tes yeux ? L'aînée pissait sur elle quand leur père me les a laissés.

Elle se retourna, les montra d'un geste de la main : Omar eut l'impression que c'était la merveille du monde qu'elle découvrait à la vue de la voisine. Aïni, l'auteur et le maître de cette œuvre, se redressa, ses regards brillaient d'un réel sentiment d'orgueil. Elle sourit modestement.

— Je dis que je travaille pour eux, ajouta Aïni. C'est sûr. Je me fatigue, je me tracasse, je me casse la tête... Mais c'est leur bien. Le bien qui leur est dû. Il arrive jusqu'à eux, à leur bouche même. Personne ne pourra le leur ôter.

Les croûtes de pain rassis que leur donnait tante Hasna, étaient-elles dues aussi ? Omar retourna la question en tous sens et ne sut que répondre. Il fallait le croire : sinon, comment expliquer que Lalla, d'elle-même, en allant tous les jeudis au cimetière, poussait jusqu'ici pour leur apporter ces vieux croûtons cassants ?

Déférente, Zina écoutait.

— C'est pour ça que je disais que tu es un peu injuste. Toi et tes enfants, vous mangez ce qui vous est dû.

— J'en conviens, acquiesça la bonne femme. Mais que de fois on oublie ces choses.

— Ça veut dire qu'on perd espoir.

Les enfants se sentaient vaguement fiers de leur mère.

— C'est moi qui travaille, rappela encore Aïni. Et c'est mon sang que j'use à ce travail. Mais c'est dû.

— Je ne mets pas en doute. Ne l'ai-je pas toujours dit ? Tu es une femme courageuse. Travailleuse. Tu pétris toi-même ton pain, roule ton couscous, et lave ton linge. Et tu sues pour faire vivre tes enfants.

Un temps ; Zina reprit :

— Mais je ne crois pas que nous, même en nous tuant à la tâche...

Aïni se leva. Elle ramassa sa peau de mouton et se plaça auprès de la voisine, coude à coude.

— Nous n'y parviendrons jamais. Nous ne sommes pas assez forts à ce jeu-là, conclut la femme.

— C'est... Comment tu as dit ? interrogea Aïni.

— Le sou est trop haut accroché, pour nous, pauvres. Quand nous peinerons à nous rompre les os, nous n'y arriverons pas. Et si nous ne travaillons pas... Pour manger, attends demain : voilà ce qu'on te dit, toujours demain. Et demain n'arrive jamais.

— Juste, dit Aïni.

Elle fit des efforts visibles pour réfléchir. Elle ne parvenait pas encore à remuer ses idées.

— C'est ce qu'il faut savoir ! s'exclama-t-elle.

— Mon défunt mari le disait, expliqua la voisine. Il essayait de le faire comprendre aux autres. Résultat : il a été jeté en prison. Tant et tant de fois.

— Parce qu'il disait ça ?

— Pas plus.

— On ne met pas un homme en prison parce qu'il prononce une parole juste !

— Pourquoi, dis-moi, ce matin, ces envoyés du malheur ont fait leur apparition chez nous? N'est-ce pas pour emmener Hamid Saraj?

— Comme un fléau du ciel, jura Aïni. Maudits soient-ils tous, et maudit celui qui les a envoyés!

— Hamid est un coupeur de routes?

Aïni ne trouvait rien à dire.

— Il n'y a plus de déshonneur à aller en prison maintenant, expliqua Zina. Si on y jette cet homme, ce sera une fierté pour ceux qui iront après lui.

— Zina, ma petite sœur!

— La vérité, par Dieu!

— Celui qui m'a effrayée, moi, c'est le petit gros.

— C'était le commissaire. Tu as remarqué? Il avait des yeux dont les bêtes n'auraient pas voulu.

L'incrédulité étoila les traits d'Aïni, qui eut l'air d'une petite fille à cet instant.

— Nous voyons ce que nos hommes endurent! émit-elle tout bas.

— Mon mari était comme Hamid. Hamid a dû dire des choses! convint la voisine. Certainement beaucoup de choses.

Ce fut au tour de Zina de paraître fière. Cependant elle demeura songeuse. Aïni aurait voulu en profiter pour revenir à son premier sujet de conversation. Elle n'oubliait pas, elle non plus, sa fierté.

Mais les deux femmes se mirent à penser ensemble à Hamid. Qu'allait-il advenir de lui à présent que les autorités étaient venues le chercher?

Les premiers temps, personne ne s'était aperçu de la présence de cet homme, jeune encore, nouvellement installé dans la maison. Son arrivée avait été discrète. Personne ne l'entendait parler. Il ne manifestait son existence que d'une manière très réservée. Cela fut considéré comme un degré poussé de bonne éducation. C'était tout de même chose rare. Il gardait le silence, et vraiment personne ne prêtait attention à lui. Mais quand on apprit qu'il venait de Turquie, tous les regards convergèrent vers lui, chacun s'étonnant de ne l'avoir pas remarqué auparavant.

Hamid Saraj portait bien ses trente ans et, en dépit de la simplicité qui lui conférait son air naïf et débonnaire, il n'était pas nécessaire d'être fin observateur pour deviner en lui un homme qui avait beaucoup vu et, comme on dit, beaucoup vécu. Son maintien était paisible et ferme, exempt toutefois de sans-gêne. Il parlait d'une voix basse, agréable, un peu traînante. Petit de taille, il était néanmoins trapu.

On se serait attendu de sa part à des réflexes rapides, à une parole prompte et facile. Mais il était surprenant de voir sa démarche lente, ses gestes lourds et puissants, d'entendre sa voix discrète. Sa vie, pour ceux qui l'approchaient, paraissait pleine de secrets. Tout jeune encore, âgé de cinq ans, il avait été emmené en Turquie, lors de la grande émigration qui fit fuir tant de gens de chez nous pendant la guerre de 14, quand l'enrôlement devint obligatoire. En Turquie, à quinze ans, Hamid disparut et Dieu seul sait où il alla se fourrer. Absent pendant plusieurs années, il ne donna de nouvelles ni à ses parents, ni à son unique sœur, restée en Algérie. Et sa famille rentra de Turquie sans être informée sur son sort.

Un beau jour, il réapparut. La police surveilla ses allées et venues.

Le plus étonnant, c'était l'expression de ses yeux verts, très clairs, qui semblaient voir plus avant dans les gens et les choses. Et quand il parlait, sa voix nette fixait les paroles que son curieux regard semblait lire dans le lointain... Des rides sillonnaient déjà son large visage. Il perdait ses cheveux et cela lui faisait un front incroyablement haut.

Il était rare de ne pas découvrir dans les poches de son large paletot, vieux et gris, des livres brochés dont la couverture et les pages se détachaient, mais qu'il ne laissait jamais perdre. C'est lui qui avait prêté à Omar ce livre qui s'intitulait *Les Montagnes et les Hommes* ; l'enfant l'avait déchiffré patiemment, page après page, sans se décourager ; il lui avait fallu quatre mois pour en venir à bout.

Au début les voisines questionnaient :

— Où a-t-il appris à lire ?

Et elles pouffaient de rire. Fatima, sa sœur, répliquait :

— Il a appris tout seul. Si vous ne voulez pas me croire, venez voir !

Elles s'approchaient du seuil de la chambre : les plus curieuses glissaient leur tête par l'échancrure du rideau qui masquait la porte, puis se retiraient vivement, confuses. C'est la nuit que Hamid lisait, à la lueur d'une petite ampoule. La nuit était un moment de répit. L'atmosphère de surexcitation de Dar-Sbitar fléchissait dès huit heures du soir. On attendait ce moment pour respirer.

En ce temps-là, les femmes allaient souvent épier Hamid. Il était toujours en train de lire. Elles s'en retournaient en courant, avec des mouvements de volatiles effarouchés, dans un grand froissement de robes.

— Oui, c'est vrai !

— Nous l'avons vu de nos propres yeux.

Elles riaient. Point de scepticisme cette fois. Elles riaient tout simplement parce qu'elles trouvaient bizarre qu'un homme lût des livres. Pourquoi lui seul, parmi tous les hommes qu'elles connaissaient? Ces épais bouquins aux pages incalculables, couvertes de signes en rangs serrés, noirs, petits, comment pouvait-on y comprendre quelque chose?

— Il est drôle, ton frère, dit une des femmes à Fatima. Il n'est pas comme nos hommes. Et pourquoi? Il veut peut-être devenir un savant...

Elles s'esclaffaient de plus belle.

Mais elles témoignèrent à Hamid plus de respect encore, un respect nouveau, qu'elles ne comprenaient pas elles-mêmes, qui s'ajoutait à celui qu'elles devaient de naissance à tout homme. Elles regardèrent désormais Hamid comme celui qui serait en possession d'une force inconnue. La considération dont il jouissait à leurs yeux grandit dans une proportion presque inimaginable.

Leurs maris le saluèrent avec plus de respect aussi. Tant il est vrai que chez nous la science bénéficie d'une grande vénération, si grande que parfois elle se laisse facilement abuser par de faux savants, comme par de mauvais prophètes.

Hamid, lui, ne remarquait rien de tout cela. Comme il n'avait pas davantage remarqué, les premiers jours, la curiosité des femmes.

Jusque-là les habitants de Dar-Sbitar ne lui prêtaient qu'une attention vague et amusée, qui, — il faut le reconnaître à l'avantage de ces simples gens, — ne fut jamais irrévérencieuse. De mémoire de locataire, leur curiosité, et certes ils n'en manquaient point, n'avait été malveillante.

Mais si une question les préoccupait, lorsqu'ils en venaient à parler de Hamid, c'était de savoir pourquoi il lisait tant. A cette question, ils ne purent jamais donner une réponse satisfaisante.

— Bien sûr ! Il était comme Hamid Saraj, poursuivit Zina.

Elle ne permit pas à Aïni de placer un mot. Elle parlait sans interruption ; et à son insu, elle venait de faire un bel accroc à la dignité d'Aïni.

— Tout comme Hamid, répéta encore la femme. Rentrer, sortir, ne s'apercevoir de rien, c'est tout ce qu'il savait faire. Il ne connaissait pas de repos.

Son visage s'assombrit. Peu à peu une colère sourde s'alluma mais elle résistait mal à sa fatigue.

— Comme lui, notre homme ne mangeait pas, ne dormait pas. Il ne vivait que pour ses réunions ; il ne vivait pas, tant il pensait à ça. Nous restions des jours et des semaines sans le voir à la maison. Nous ne pouvions rien lui dire. Il ne parlait pas beaucoup, il parlait de moins en moins. Nous n'avions pas le courage de lui dire qu'il n'y avait pas de pain. Il souffrait. Des fois, il se mettait à parler. C'était comme de l'eau dans un lit de pierres sèches. Il parlait, parlait. Nous ne comprenions pas toujours. Qu'est-ce que nous sommes ? Une pauvre femme, sans plus ? Nous n'avons pas été instruite et préparée à connaître. De ses rendez-vous mystérieux, il revenait changé. Il portait une idée qui le tourmentait. Des jours, nous découvrions une expression de triomphe dans ses yeux. C'était effrayant. Il avait ses moments ; il ne se retenait plus. « Nous les avons eus, grondait-il. Ils ont été obligés de céder. » « Quelle victoire ? » disions-nous. Il n'expliquait pas ; il n'ajoutait plus un mot. Il se plongeait dans ses réflexions. Nous avions cru au début qu'il buvait ou fréquentait. Qu'est-ce que nous nous imaginions ? Mais non ! Nous aurions préféré ça, la vérité ! à ces discussions dans les fonds des boutiques, les cafés, les maisons des quartiers éloignés. Puis nous eûmes peur pour lui. La police commençait à enquêter sur son compte. Mais nous n'osions pas ouvrir la bouche. Et que lui dire, Aini ma sœur ? Il voyait bien que nous dépérissions de faim ? Il comprenait beaucoup de choses. Beaucoup trop. C'est lui qui montrait aux autres le chemin. Les gens venaient solliciter ses conseils. Mais pour ce qui était de lui, il était plongé dans le noir. Il disait : « Ces réunions, ces allées et venues, ces longues absences, c'est pour une vie meilleure. » Si c'était pour ça, pouvions-nous l'empêcher de faire ce qu'il disait ? Surtout que c'était pour changer la vie des pauvres gens et les rendre heureux. Eh ! ça le rendait furieux quand nous lui disions qu'il se jetait beaucoup trop dans ces affaires. Mais lui, il voulait retourner le monde, s'il en avait eu la force... ou se crever... ou nous ne savons quoi encore... Pauvre femme, nous ne comprenions rien à ces choses-là. Nous laissions faire et nous nous taisions. Quand les enfants commençaient à pleurer parce qu'ils jeûnaient depuis la veille, petite sœur, nous pensions devenir folle. Ceux que tu vois grands aujourd'hui, n'étaient que de la mouture d'orge. Et où donner de la tête ? On avait tout vendu, on ne possédait plus rien... Puis il est parti. Quand il est mort, il ne nous avait pas laissé de quoi dîner la première nuit.

Zina finit par s'exprimer avec un accent de gravité dans la voix qui, par delà les rumeurs d'une peine inapaisée, fit naître une étrange sérénité dans la pièce.

— Ce n'est certainement pas parce qu'il n'était pas fort, ni capable, que mon mari n'avait pas de travail. Mais il avait des idées qui lui couraient dans la tête.

— Bien sûr, que c'est pour ça.

Aïni l'avait écoutée en silence tout ce temps-là.

— Il était capable et fort, je ne doute pas, déclara-t-elle.

— Il avait ses idées. Mais il n'y avait rien à dire contre lui. Il voulait marcher selon ses idées, mais il a toujours marché honnête et digne. Il n'y avait rien à lui reprocher.

— Donc ce n'était pas de sa faute, dit Aïni, qui se tut de nouveau.

— Oui, reprit Zina. Justement, qui a dit que c'était de sa faute ?

Et de qui était-ce la faute ?

— Tu le demandes ? dit la veuve.

— Oui, de qui est-ce la faute ?

Les deux femmes ne purent faire disparaître ni éluder la question qu'elles venaient de se poser malgré elles.

Aïni replia son bras sous sa tête et, n'y tenant plus, s'étendit sur le pas même de la chambre, à l'endroit où elle causait avec la voisine. Elle regarda le plafond, perplexe.

La femme se leva pour partir. Aïni haussa légèrement les épaules et déclara à la veuve :

— Va savoir de qui c'est la faute !

La voisine lui tourna le dos et s'en alla en hochant la tête.

Depuis que les forces de police avaient perquisitionné, aucun autre incident nouveau ne troubla l'existence de la grande maison. Hamid Saraj était convoqué fréquemment au commissariat, c'était désormais un fait coutumier.

Lentement le printemps arriva. Il libéra les premières feuilles, frêles et frémissantes, de la vigne dont la ramure emmêlée coiffait la cour.

A Dar-Sbitar même, une âpre douceur se glissa, invisible, entre les vieux murs gris, et vint se réfugier au cœur des locataires. Certes, cette joie, les gens de Dar-Sbitar ne l'identifièrent pas tout de suite. Mais c'était cela, le printemps. D'abord peu de chose. Puis ça lève comme une quantité merveilleuse de pain.

Et la blancheur étouffante d'août remplaça la flambée du printemps.

Omar connut alors les grandes vacances : trois mois sans approcher l'école.

Dar-Sbitar tenait du bourg. Ses dimensions, qui étaient très étendues, faisaient qu'on ne pouvait jamais se prononcer avec exactitude sur le nombre de locataires qu'elle abritait. Quand la ville fut éventrée, on avait aménagé des voies modernes et les édifices neufs repoussèrent en arrière ces bâtisses d'antan disposées en désordre et si étroitement serrées qu'elles composaient un seul cœur : l'ancienne ville. Dar-Sbitar, entre des ruelles qui serpentaient pareilles à des lianes, n'en paraissait être qu'un fragment.

Grande et vieille, elle était destinée à des locataires qu'un souci majeur d'économie dominait ; après une façade disproportionnée, donnant sur la ruelle, c'était la galerie d'entrée, large et sombre : elle s'enfonçait plus bas que la chaussée, et, faisant un coude qui préservait les femmes de la vue des passants, débouchait ensuite dans une cour à l'antique dont le centre était occupé par un bassin. A l'intérieur, on distinguait des ornements de grande taille sur les murs : des céramiques bleues à fond blanc. Une colonnade de pierre grise supportait, sur un côté de la cour, les larges galeries du premier étage.

Aïni et ses enfants logeaient, comme tout le monde ici, les uns sur les autres. Dar-Sbitar était pleine comme une ruche. La famille avait déménagé de maison en maison, plusieurs fois ; c'était toujours dans une demeure comme celle-là qu'ils échouaient, et dans une seule pièce.

Les jeudis matin, tante Hasna venait les voir ; elle entrait en même temps que Mansouria, la petite cousine. Tous appelaient celle-ci la petite cousine. Elle arrivait comme ça, chez les uns comme chez les autres : on la faisait asseoir. Elle mangeait ce qu'il y avait.

Quant à Grand'mère, ses trois mois chez Aïni étaient passés depuis longtemps déjà. Grand'mère, à partir de ce moment, fut abandonnée à Aïni pour de bon. Ses filles et son fils avaient refusé de la reprendre. Lorsqu'était venu le moment de l'emmener, ils avaient déclaré qu'il était imprudent de déménager continuellement la pauvre vieille. Elle n'avait plus de force, et n'en avait pas pour longtemps à vivre. Il était plus simple qu'on l'entretînt chez Aïni, du moment qu'elle y était, si on voulait avoir pitié d'elle. Ils lui apporteraient à manger, s'occuperaient d'elle, la nettoieraient.

— Elle ne manquera de rien, tu verras, disaient-ils à Aïni. Tout comme si elle était chez nous. Elle ne te gênera pas et tu n'auras rien à dépenser pour elle.

C'est ce qu'ils disaient. Mais à compter du jour où Grand'mère se trouva définitivement ancrée chez

Aïni, elle s'ajouta aux trois bouches que celle-ci avait à nourrir.

Quelquefois l'une ou l'autre de ses filles venait. Elles pleuraient les trois-quarts du temps, se lamentaient sur cette triste vie ; à la fin, elles s'en allaient sans avoir rien fait. Aïni les cinglait de paroles qui leur déchiraient le cœur. Elle leur faisait honte, devant toutes les femmes. Ses deux sœurs ne savaient comment la retenir ; elles frémissaient et tentaient de la calmer.

— Bouh ! Bouh ! Tais-toi, ya Aïni. Les voisines entendent tout.

— Je le dis justement pour qu'elles entendent.

Et elle criait plus fort.

Cela n'arrangeait guère les choses : et sans doute Aïni le comprenait-elle, mais de se disputer ainsi, la soulageait un peu. Elle ne les vit plus revenir, au bout de quelque temps. Quant au frère, c'était plus simple : il ne mit jamais les pieds chez elle.

Omar continuait d'aller à l'école franco-arabe, manquant assez régulièrement les classes et recevant pour cette raison, sur les paumes, les jarrets, le dos, la baguette du maître ; elle cinglait comme pas une.

L'aube, ce jour-là, le surprit à moitié endormi : la clarté fraîche et neuve s'infiltrait dans la grande maison ; cours, pièces, escaliers, galeries, formaient un système étrange et compliqué, plein de rumeurs à peine la lumière surgissait-elle. A l'étage d'en haut, une porte fut poussée avec bruit et le calme se reforma. Une minute, deux minutes... Le silence dura jusqu'à l'instant où brusquement on secoua le portail d'entrée qui tenait par le bas à un cadre de bois mal scellé au mur. La porte grinça ; finalement, elle céda. Renvoyée à toute volée, elle claqua en ébranlant les profondeurs de la maison.

Moulay Ali sortait le premier. Il était serre-freins sur les trains de marchandises de la ligne Tlemcen-Oujda. Après qu'il eut donné le signal, d'autres pas isolés martelèrent le dallage de la cour ; des voix furent étouffées. A partir de ce moment, la porte extérieure s'ouvrit et se referma sans arrêt. Ils furent plusieurs à quitter la vaste demeure. Yamina bent Snouci allait à Socq-el-Ghezel vendre ses deux livres de laine, filées la veille. Sa fille, Amaria, et Saliha bent Nedjar, partirent aussi de la maison. Elles travaillaient dans des manufactures de tapis ; cinq ou six gars montèrent à la filature de la Pépinière.

Le sommeil de Dar-Sbitar fut fendu à coups de hache et le jour s'installa pauvrement dans la chair des gens. Les femmes auraient voulu rester couchées, avec leurs jambes dans quel état !

De toutes parts fusèrent des appels, des cris d'enfants ; les conversations commençaient, les bruits d'eau, les premières imprécations.

Omar eût aimé que le sommeil se prolongeât. Il voulait dormir. Et il croyait qu'il dormait. Les coins les plus obscurs de la chambre, où la nuit se pelotonnait toujours, tressaillaient doucement ; dans une vieille odeur de fumée lourde et âcre les corps abandonnaient le sommeil en geignant. Il était trop tard pour dormir sans crainte. Le jour se tenait en faction devant chaque porte.

Dans la chambre, Omar fut surpris d'entendre

la voix de sa mère ; celle-ci s'entretenait tout bas avec une voisine, sans doute.

Elle parlait sans arrêt. Ce murmure monotone semblait ne point devoir finir. Son ton était grave. Les paroles qu'Aïni prononçait paraissaient venir d'un lieu très éloigné, d'un autre temps. Les mots n'avaient pas grande importance. Il n'y avait que cette espèce de plainte entêtée, qu'on eût pu prendre pour une prière, qui devenait obsédante et ne cessait de poursuivre Omar et de le torturer dans la somnolence où il se laissait aller.

Aïni se tut et un silence sans fissure s'amoncela dans la chambre. Omar ne se rendormirait plus. Il restait les yeux grands ouverts dans le noir.

De la cour, un soleil allègre vint bousculer la pénombre. Une odeur de café flottait dans l'air frais du matin. La femme était là, assise au fond de la pièce ! Était-ce une illusion ? Omar la croyait partie. Avait-il rêvé ? Aïni parlait sans une pause. Encore étourdi par le sommeil, l'enfant se redressa. Il vit les deux formes vagues plongées dans la demi-nuit qui régnait dans la chambre, pendant que le grand jour éclatait au dehors.

Aïni resserrait le foulard qui recouvrait sa tête. Le henné allumait ses cheveux qui eussent dû être gris. Devant elle, brillait un plateau de cuivre jaune, avec quelques tasses de faïence. Du côté d'Omar, des couvertures rejetées, une grande pièce de coton gris, des peaux de mouton, étaient en désordre : elles portaient encore les empreintes des corps qui y avaient dormi.

Après une seconde d'interruption provoquée par

le mouvement de l'enfant, elles se remirent à converser toutes les deux ensemble. Omar comprit qu'il était question du mariage de sa cousine. Zina s'inclina vers Aïni et lui dit quelque chose qui la troubla. Les deux femmes s'étaient tues. Omar n'y comprenait rien. Elles eurent un léger déplacement de tête de son côté.

Tout à coup, Aïni s'écria :

— Je ne serai tranquille que lorsque je saurai.

— Je te dirai tout.

Elles parlaient de sa cousine, Omar en était de plus en plus certain.

— On pense, continua la femme, que personne n'a rien vu. On l'a vue. Mourad a voulu la tuer et il l'a blessée. Chienne ! Chienne !

Zina se retourna pour cracher : tfou !

— Tu en es sûre? demanda Aïni. J'ai entendu dire ça. Mais je n'ai rien voulu croire. Quand une femme ouvre les yeux, c'est pour regarder un seul homme. Son mari. Une jeune fille, il faut élever un bon mur entre elle et le monde.

Aïni avait l'air sincèrement chagrinée. Avec tout ce qu'on lui disait ! Elle ne devait pas paraître affligée devant la voisine, pensait-elle. Omar regardait les deux femmes, assises. Il continuait à les surveiller sans véritable intention. Il devinait qu'une maladie accablait sa cousine, en son corps ou en son âme, et qu'elle devait coûte que coûte chercher la rémission de ses maux.

Il se leva et s'en fut vers le seuil. Sa mère le happa au passage :

— Où vas-tu? s'enquit-elle.

— Aux cabinets.

Aïni se remit à chuchoter passionnément avec l'autre femme, qui était la veuve dont la chambre était contiguë à la leur.

Omar descendit dans la cour.

Les cabinets se trouvaient dans la cuisine commune. Devant la porte, aussitôt une femme se posta, attendant qu'Omar sortît. Jamais tranquille. Un seul trou pour tout le monde ! C'était incroyable. Omar se mit à méditer, chassant de sa pensée la femme qui montait la garde, le visage contracté. En sortant, il se cogna à elle :

— Toi, lui lança-t-elle, il faut t'attendre des demi-journées.

— Va chier dans la rue, si tu n'aimes pas attendre.

— Omar ! Omar ! gronda Aouïcha qui arrivait dans la cuisine.

— Tête de juif ! murmura la femme.

Elle s'engouffra dans les cabinets en relevant ses jupes.

— On n'a pas besoin de te voir pour savoir que tu es là, ajouta sa sœur.

Un tintement de plats heurtés brisa l'air ; on lavait la vaisselle à cette heure. Khediouj nettoyait la maison, jetait de l'eau dans la cour à pleins seaux, sur les murs aussi jusqu'à hauteur du genou. Ensuite, avec une ardeur aveugle, elle donnait des coups de balai.

Omar traversait la galerie pour revenir chez lui et il eut l'impression que quelqu'un faisait des signes dans son dos. Il se retourna : c'était Zhor. Du fond de leur chambre, elle frottait ses bras nus. Sa mère était Zina, la petite femme qu'il avait laissée en grande conversation avec Aïni. La jeune fille était comme déconcertée et en proie à une vive agitation. Omar décida de s'éloigner ; allait-elle sortir ? Zhor était sur le point de lui dire quelque chose, mais à ce moment-là il se dirigea subitement vers leur chambre. Cependant il se retourna encore pour la regarder.

— Omar, roucoula-t-elle faiblement, viens, je t'en prie.

Elle lui lança par trois fois son appel ; au dernier, il y alla. Elle s'approcha de lui. Il la sentait debout contre son corps, dont la tiédeur l'envahit. Soudain, elle lui donna un violent coup de genou dans l'aine. Omar jeta un petit cri et tomba à terre en sanglotant.

Zhor se pencha sur lui et lui bâillonna la bouche de sa main. Il dut s'immobiliser pour ne pas être étouffé ; il se tint tranquille. La main de la jeune fille glissa le long du corps d'Omar sans difficulté. Il perçut alors le bruit soyeux d'un corps qui s'étendait à ses côtés. Retenant sa respiration, Zhor ne remuait pas plus que si elle dormait. Il se dégageait d'elle une odeur sucrée, chaude : celle d'un fruit mûr et intact. Puis elle fut secouée de frissons. Plusieurs fois elle essaya de caresser l'enfant, mais ses efforts demeurèrent vains : elle ne parvenait guère à surmonter l'indécision qui paralysait ses mouvements. Après un instant, elle se souleva et se cala sur un coude. S'inclinant légèrement vers Omar, elle s'aperçut qu'il la fixait. L'enfant se sentait secrètement lié à ce corps de femme à l'abandon. Une douceur sourde s'amassait en lui, qui finit par faire place à un sentiment de dépaysement. Brusquement il éprouva une sécurité jamais connue et qui lui semblait familière. Singulière sécurité, puisqu'il ne tarda pas à ressentir un malaise qui se changea vite en angoisse.

— Non ! Non ! Ne pleure pas, je t'en supplie. Je n'ai pas voulu te faire mal. Tu es mon frère.

Elle se renversa de nouveau sur lui. Puis sa voix se fit plus souterraine, plus rauque. Zhor se mit en devoir de le dorloter, tout comme s'il eût été un petit enfant. Des mots graves sortaient de sa bouche, enveloppaient Omar, mais il n'en comprenait pas le sens.

— Va... Cesse, cesse de pleurer. Je n'ai pas voulu le faire exprès... Mon frère...

Elle le berçait. On eût dit qu'elle pensait à autre chose, qu'elle était attirée vers d'autres lieux. C'était en elle une peine lointaine qui remontait. Qui la rendait si triste ?

— Je t'embrasse, Omar. Tu ne pleureras plus, tu finiras de bouder. Tiens !

Elle s'appuya sur lui et ses seins s'écrasèrent sur son épaule. Omar sentit son odeur qui lui plaisait, quoiqu'elle fît naître en lui une vague envie de vomir qui montait le long de sa gorge et lui chavirait le cœur. Mais ce qui l'amusa le plus, ce fut de toucher, en introduisant la main par l'échancrure de la tunique de Zhor, la petite touffe de poils noirs et frisés qu'elle avait sous l'aisselle. Zhor riait ; elle lui enleva la main. Elle fut toute surprise quand il l'embrassa à son tour, et elle se rembrunit. Lentement, mais aussi avec force, elle le repoussa et se mit debout.

— Ne reste pas couché là, petit frère. Il faut que

je me dépêche d'enlever tout ça. Plus de la moitié du jour a déjà passé.

Leur literie, en travers de laquelle Omar était étendu, occupait le centre de la pièce.

Il se leva et allait s'éloigner, mais elle le retint.

— Je vais à Bni-Boublen, lui dit-elle. Mon beau-frère Kara Ali viendra me chercher. Il a vu ma mère, ma sœur a beaucoup d'ouvrage sur les bras. Il faut que je l'aide. Si ça te plaît, je t'emmène avec moi... comme la dernière fois... Demande à ta mère si elle veut te laisser venir.

— Combien de jours vas-tu rester à Bni-Boublen ?

— Quatre jours peut-être... répondit-elle.

Omar se retrouvait souvent en tête-à-tête avec Zhor et chaque fois il découvrait cet univers de l'affection qui l'inquiétait. Aussi n'en parlait-il à personne. Bien sûr, c'était extraordinaire, à Dar-Sbitar. Aussi ce sentiment prenait-il chez l'enfant un caractère clandestin. L'affection qui liait Omar à Zhor poussait comme une fleur sur un rocher sauvage.

En bas, dans la cuisine, on actionna la poulie du puits, et le seau glissa ; il y eut un heurt brutal, suivi d'un clapotement d'eau, quand le seau remonta. Un brouhaha confus peuplait la maison. Aïni avait du café ce matin. Omar, lui, reçut un bout de pain. Sa mère, quand elle avait quelque argent, n'achetait du café que pour elle.

Avec d'autres jeunes filles, Aouïcha et Mériem, au milieu des groupes, péroraient à tue-tête, en bas. Mais elles remontèrent incontinent, retournant à l'ouvrage, lorsqu'elles entendirent crier Aïni, dont la voix s'enflait, s'enflait, aigre et menaçante, depuis que trois ou quatre de ses appels étaient restés sans réponse.

Les hommes sortaient tôt, aussi les apercevait-on rarement. Ne demeuraient là que les femmes : la cour, sous les branches enchevêtrées de la vigne, en regorgeait. Elles l'emplissaient de leurs allées et venues. Elles encombraient la porte d'entrée. Dans la cuisine, une cuisine pour Titans, elles palabraient à n'en plus finir autour du puits. Chaque pièce, ayant recélé durant la nuit une kyrielle de bambins, les restituait jusqu'au dernier au lever du jour : cela se déversait dans un indescriptible désordre, en haut comme en bas. Les marmots, le visage luisant de morve, défilaient un à un. Ceux qui n'étaient pas encore aptes à se servir de leurs jambes, rampaient, les fesses en l'air. Tous pleuraient ou hurlaient. Ni les mères ni les autres femmes ne jugeaient utile d'y prêter plus d'attention que cela. Les braillements que la faim ou l'énervement faisaient éclore dominaient une rumeur nourrie, parmi laquelle parfois jaillissait un cri de désespoir. Tous ces enfants s'échappaient dans la rue.

Quand avec précipitation Omar entra, Aïni, serrant les coudes contre sa taille, se levait pour accueillir tante Hasna. Les deux femmes s'embrassèrent. Aïni, marmottant des souhaits de bienvenue et de bonne santé, observa une pause brève sans relâcher son étreinte. Elle appliqua derechef force baisers à la tante. Il eût été vain de vouloir en déterminer le nombre. Elle dévida ensuite le chapelet des : « Comment vas-tu ? Comment va un tel ? Comment va une telle ? Comment va... » La réponse, prête, parvenait simultanément : « Très bien, Dieu te garde ».

Tante Hasna essoufflée par la montée des escaliers ne tenta pas de retourner ses souhaits à Aïni. Tante Hasna débordait de tous les côtés. Suant à grosses gouttes sous une coiffe pointue, des foulards verts et un châle rose, son visage charnu et lourd luisait. Les rides canalisaient sa transpiration jusqu'aux profondeurs du cou. Elle clignotait douloureusement : des larmes épaisses coulaient de ses paupières rongées. Aïni, qui s'était précipitée pour la recevoir, s'empressait autour d'elle. Lalla — tous la nommaient Lalla, y compris Aïni —, Lalla étouffait. Sans doute Aïni ne s'était-elle pas démenée autant que l'exigeait la décence.

— Viens là. Entre donc, assois-toi ici.

Elle jeta des regards autour d'elle, prit encore deux peaux de mouton dans un coin où quelques-unes, pliées en deux, étaient disposées en pile.

— Donne, réclama Lalla. Je ne suis pas venue pour camper des mois. Je suis montée à grand'peine. Bouh ! Je n'ai plus la force d'arriver jusqu'ici, fille de ma mère. Laisse, laisse. Je me trouve bien sur le pas de la porte. Comment pouvez-vous vivre... Ouf ! Ouf !

Tout en s'apprêtant à se poser par terre, elle ajouta :

— Alors, tu as renoncé à remettre les pieds au cimetière ?

— Qu'irais-je faire là-bas, Lalla ? J'ai tant de travail ici. Celui dont je visiterais la tombe ne m'a laissé ni fermes ni maisons pour que je le pleure. Qui veut mourir allonge ses jambes.

— Tu as raison ; chez toi, tu es bien mieux. Les femmes ne s'y rencontrent que pour faire marcher leur langue. Tu n'as pas à perdre ton temps avec ces péronnelles. Tu as des enfants : occupe-t'en. Ton mari est mort. La mort a été pour lui une couverture d'or. A quoi te servirait d'aller contempler sa tombe ? Tu ne sais pas ce qu'elles racontent ? Je me demande où elles apprennent tout ça, les filles de Satan. Beaucoup d'hommes seront arrêtés, disent-elles.

— Ha haï !

Entortillée dans l'immense haïk de laine blanche, Lalla s'affala et, du cordon qui lui ceignait les reins, elle détacha un mouchoir avec lequel elle s'épongea le visage. Elle s'éventa sans pouvoir prononcer d'autres paroles.

Quand elle retrouva son souffle, elle répéta plusieurs fois :

— Il n'y a de Dieu qu'Allah !

Une odeur douceâtre, comme celle des bains, se dégagea de son corps en sueur et envahit la pièce. Des plis de son voile, tante Hasna retira un paquet, qu'elle tendit à Aïni.

— Elles disent qu'on en a mis déjà plusieurs en prison dans chaque ville, reprit-elle. Ces hommes font de la politique et troublent l'esprit des gens. Une fois là où ils doivent être, tout le monde sera tranquille.

— Bouh, Lalla !

— Eh, ils veulent défier le Français. Ont-ils des armes, ont-ils du savoir dans la tête ? Va donc ! Ils n'ont que leur folie et leur misère. Qu'ils se tiennent cois, ça vaudrait mieux pour eux. Pourront-ils lutter contre le Français ?

— Nous n'en savons rien.

— Moi, je sais. Ce sont des imbéciles. Ce qu'ils veulent, c'est supplanter le Français. Ils sauront gouverner, eux ?

Tante Hasna souffla son mépris : homph... homph !

— Hamid, fit remarquer Aïni,... la police est venue encore le chercher, il y a trois jours.

— Il fait de la politique ! tonitrua tante Hasna. En trompetant cette phrase, toutes les chairs de son visage tremblèrent.

— Qu'il cherche du travail, mugit-elle, qu'il prenne femme et fonde un foyer, plutôt que de perdre son temps à prêcher des billevesées qui le conduiront en prison ; ce ne sera pas mieux crois-tu ?

— Si tu avais vu, Lalla, le premier jour où les hommes de la police sont entrés tout à coup... Maintenant nous commençons à nous y habituer.

— Pourquoi, fille de ma mère, fait-il ce mal à lui-même et à autrui ? Ça n'entre pas dans ma tête. Il n'y a que la prison qui attend un homme comme lui.

— Lalla, que dis-tu ? Bouh ! Bouh ! Sa sœur, la malheureuse, comment s'en trouverait-elle ?

— Où sont les filles ? demanda-t-elle, changeant de conversation.

— En bas.

— Elles feraient mieux de t'aider au lieu de pérorer avec des écervelées.

— Omar m'aide un peu ; c'est qu'elles font un peu de lessive.

Les jambes croisées en tailleur, Omar était effectivement assis au pied de la machine à coudre. Il donnait les derniers coups de ciseaux aux empeignes d'espadrilles que sa mère lui avait jetées après en avoir terminé le piquage.

— Et celui-là, il s'en tire de son apprentissage ? S'il ne t'apporte que dix sous, c'est toujours ça. Ce n'est qu'une femelle. Hon ! Et encore une fille vaut mieux que lui. Tout le temps fourré à la maison. Ma pauvre Aïni ! Tu es la proie de ces enfants sans cœur qui te sucent les sangs. Avec eux, tu n'arriveras à rien.

— Je vais à l'école, moi, intervint Omar, sans considération pour les paroles de sa tante. Et j'apprends des choses. Je veux m'instruire. Quand je serai grand, je gagnerai beaucoup d'argent.

— Renonce à tes idées, dit Lalla avec humeur. Il te faudra travailler comme une bête si tu veux seulement vivre. Ceux qui n'ont pas mis les pieds dans une école, meurent de faim ? L'instruction, ce n'est pas pour toi, ver de terre. Qu'est-ce que tu te crois pour prétendre à l'instruction ? Un pou qui veut s'élever au-dessus de sa condition. Tais-toi, graine d'ivrogne. Tu n'es que poussière, qu'ordure qui colle aux semelles des gens de bien. Et ton père, lui, a-t-il été à l'école ? Et ton grand-père, et tes aïeux ? Et toute ta famille, et tous ceux que nous connaissons ? Tu auras à être un homme, ou tu seras écrasé. Il te faudra supporter la dureté des autres, être prêt à rendre dureté pour dureté. N'espère pas le bonheur. Qui es-tu, qui es-tu, pour espérer le bonheur ? N'espère pas vivre tranquille, n'espère pas.

Ses yeux bleuâtres tremblaient au fond de leurs cavités comme un liquide épais et trouble. L'angle dur de sa mâchoire au pli amer imprimait une sorte de violence à sa physionomie.

— Écoute ce qu'on te dit, conseilla la mère sur un ton déférent pour tante Hasna.

— Remonter à tes idées, du latin avec humanité [illegible] et comme une bête [illegible] n'est vrai. Ceux qui n'ont pas que les encyclopédies [illegible] peuvent de tout à l'instruction, ce n'est [illegible]. Qu'est-ce que tu [illegible] à l'instruction ? On peut [illegible] de sa condition [illegible], grâce à l'instruction. Un peu [illegible], on ne doute qu'à la colle aux [illegible] les gens d'ici. Et pourquoi lui a-t-il été [illegible] ? Et ton grand-père et ses aïeux ? Et toute la famille et tous ceux que nous connaissons ? Le salut [illegible] du bonheur, ou ne serait écrasé. Il te faudra supporter la dureté des autres, être prêt à rendre [illegible] quitte, n'espère pas le bonheur. Oui, — tu travailles pour que ton [illegible] n'espère pas [illegible] n'espère pas.

Ses yeux [illegible] au fond [illegible] un liquide [illegible] de sa [illegible] à sa [illegible].

[illegible] ce qu'il entre en, cependant la [illegible] pour tante Maria. [illegible]

Lalla serrait sa main noueuse sur un chapelet aux grains noirs et polis dont elle ne se séparait jamais. Elle en faisait glisser les boules du matin au soir. entre ses doigts machinalement.

Une brusque somnolence s'empara d'elle. Ses lèvres bougèrent d'elles-mêmes ; on ne perçut plus que le cliquetis des grains tombant l'un sur l'autre

— Alors, tu vas là-bas ? dit-elle, se réveillant soudain.

Aïni fit oui de la tête.

— Tu vas apporter des coupons ? Sais-tu au moins à quoi tu t'exposes ? Toutes les femmes qui viennent par la douane sont déshabillées. On les fouille et on regarde ce qu'elles portent. Tu veux qu'il t'arrive une mauvaise histoire et que tout le monde le sache... Comment feras-tu, si on te colle une amende et qu'on te confisque les tissus ? Moi, je m'en lave les mains.

Aïni espérait parvenir à Oujda sans encombre. Elle avait recommandé aux enfants de n'en parler à personne. Il ne fallait pas qu'on apprît dans la maison pourquoi elle allait à Oujda. Elle n'avait aucune honte à faire de la contrebande. Il fallait craindre le mauvais œil. Celui que poursuit le mauvais œil ne récolte que malheurs.

— Écoute-moi, conseilla Lalla. Il faut rester tranquille. C'est tout ce que je peux te dire.

Deux femmes du voisinage avaient remis déjà l'argent à Aïni pour qu'elle leur prît de quoi faire quatre robes chacune. Elle évalua devant Lalla le bénéfice que lui laisserait l'opération. Elle ne savait pas bien compter, Omar lui avait fait tous les calculs, qu'elle répétait à Lalla ébahie, avec un air d'importance et beaucoup de gravité. Les chiffres qu'elle citait fascinaient tante Hasna. Elle était experte à les manier, à force de les ressasser depuis plusieurs jours.

— Va, prononça finalement Lalla. Et n'ouvre pas le bec ici. N'en fais part à personne. Dieu t'aidera et te protégera : tu nourris des orphelins.

Aïni promit :

— J'irai cette fois et ne recommencerai plus. C'est surtout parce que j'ai donné ma parole aux deux femmes.

Elle se répandit en plaintes amères sur le sort qui avait placé entre ses mains trois enfants. Quand donc allait grandir Omar, son garçon, pour la soulager de son faix ? Une fille ne compte pour rien. On la nourrit. Quand elle devient pubère, il faut la surveiller de près. Elle est pire qu'un aspic, à cet âge-là. Elle vous fait des bêtises dès que vous tournez le dos. Ensuite il faut se saigner les veines pour lui constituer un trousseau, avant de s'en débarrasser. Aïni avait débité la même antienne, dix, cent, mille fois. Ses deux filles travaillaient pourtant et aidaient la famille à vivre. Mais la mère ne renonçait pas à ses jérémiades.

— A ton retour d'Oujda, dit Lalla, tu m'expliqueras comment tu auras fait pour passer la douane. J'ai quelque argent, oh très peu ! quatre sous : tu nous apporteras quelques coupons.

— Oui, Lalla. Tu verras le bénéfice que nous ferons !

Voilà. Lalla commençait par dire qu'on ne devait pas faire une chose ; elle s'échauffait, devenait intransigeante. Quelques instants après, tout était oublié. Omar trouvait cela inadmissible : se dédire continuellement, vivre dans une perpétuelle contradiction. Il observait ces revirements à longueur de journée dans son entourage. Il était sûr que sa mère, qui leur avait ordonné, avec des menaces, de ne rien faire savoir de son prochain voyage, irait elle-même, la première, raconter avec force détails tout ce qu'elle se proposais de faire, à qui voudrait l'entendre. Tante Hasna, de son côté, ne manquerait pas non plus de confier la chose à toutes celles qu'elle connaissait.

— Je commence à me préparer pour le mariage, dit Lalla, pensant maintenant à autre chose.

Sa fille cadette étant fiancée depuis presque un an, les préparatifs des noces étaient l'objet de commentaires sans fin. Ce mariage était devenu, pour tous, le Mariage. Il ne pouvait en exister d'autres.

— Je me prépare pour le Mariage, disait-elle. Toi, ajouta-t-elle, tu connais ton rôle.

Aïni opina.

— Il n'y aura pas de plus belles noces, poursuivit Lalla. Les gens émerveillés s'en iront le publier dans toute la ville. Rien ne sera épargné. Lui — elle nommait ainsi son mari, comme le veulent les bonnes manières,

— lui, fera des sacrifices considérables qui consacreront notre honorabilité. Tu comprends bien que nous y sommes obligés. Aïni, ma sœur, nous avons un rang à tenir. Qu'y faire ?

— Le jour du Mariage, Lalla, sera quel jour? questionna Omar.

Sa mère répondit :

— Ferme ta bouche, toi.

— J'espère que tu travailles bien, dit tante Hasna, pour changer de sujet : celui-ci était trop important. L'un de ses fils avait placé chez un barbier Omar, qui devait s'y rendre en sortant de la classe de l'après-midi. Lalla et Aïni espéraient ainsi qu'il s'initierait au secret de la taille du poil humain. Mais Omar avait oublié depuis plusieurs jours d'y aller. Ce détail, tante Hasna l'ignorait.

— Tu te montreras digne de la confiance que nous avons mise en toi. Cette place, nous l'avons eue avec beaucoup de mal. Heureusement que nous t'avons décroché cette situation qui t'assurera un avenir respectable et odorant. Coiffeur dans le centre même de la ville ! N'est-ce point beau? Quel avenir, avorton ! Quelle reconnaissance ne me dois-tu pas! Moi, qui ai tant insisté auprès d'Abdelcrim pour te caser là. Sans moi, que serais-tu devenu? Pour moi, que ne dois-tu faire! Rends-toi digne de cette marque d'intérêt. Travaille.

— Lalla, merci pour le moyen de gagner ma vie en savonnant le poil de la tête et du visage des paysans. Dès le premier jour, j'excellai dans cet art et j'étonnai mon patron et les paysans eux-mêmes. C'est ce que je ne referai pas, car depuis ce jour, je n'y suis plus retourné.

— Quilla !

Sa mère avait honte pour lui. Il ne se montrait pas à la hauteur de la confiance qu'on lui témoignait.

Tante Hasna, à lui également :

— N'en parlons plus.

Puis elle enchaîna :

— Et ce fainéant de Hamid Saraj, c'est bien vrai qu'il a été emprisonné par les autorités ?

— Non, ya Lalla.

— Alors il bourrera encore les gens de mots comme il le faisait à chaque coin de rue. Ceux qui l'écoutent perdent leur temps et emportent du vent dans leur crâne !

— Si on y réfléchit, ça n'est pas drôle. Le malheureux !

— Tu n'as pas changé, toi.

— On a compris beaucoup de choses. Si ce qu'il dit se réalise, ce sera le bonheur de tous les pauvres gens.

— Toi, tu crois ce que racontent ces communistes. Tu seras encore comme ça toute ta vie. Tu vois comment ils finissent ? En prison. Qu'est-ce qu'ils y gagnent ? La prison.

— Comment n'a-t-on pas le cœur qui fait mal, en assistant à des choses semblables ?

Visiblement agacée, Lalla reparla des affaires qui l'intéressaient.

— Partout les gens proclameront cette année : ce Mariage dépasse en splendeur tout ce qui s'est vu jusqu'à présent. Dommage que cette bêta de Djenat, ma belle-sœur, soit morte. Pour le coup, elle en aurait crevé, mais alors de jalousie et d'envie, plus sûrement que de sa maladie. C'est bien dommage !

Quant au rôle d'Aïni dans le mariage, nous n'en dirons que deux mots. Au fond d'elle-même, celle-ci n'était pas tellement d'accord sur le sans-gêne avec lequel tante Hasna disposait d'elle. Lalla avait décidé d'engager deux rôtisseuses qui apprêteraient la grande ratatouille, mais elle avait peur des fuites. Elle désirait qu'Aïni se chargeât de compter les morceaux de viande, de surveiller les maritornes préposées à la cuisson et les pique-assiettes qui organiseraient des incursions dans la cuisine.

— Si on n'y fait pas attention, toute la nourriture s'en ira dans le pan de leurs jupons, confia Lalla.

Cela, Aïni le savait.

Quoiqu'elle aimât économiser sur tout, Lalla était de ces personnages qui mangent tous les jours. Se rassasier chaque jour que Dieu fait, lui conférait de la respectabilité. Elle aidait Aïni et ses enfants à supporter les moments de dénuement. Elle les pourvoyait en morceaux de pain bis. Des quignons entamés, parfois souillés. Mais ramollis à la vapeur et préparés par la mère, ils redevenaient tout à fait mangeables. Ils gardaient encore les relents des mets qu'ils avaient touchés sur la meïda de tante Hasna. Il est compréhensible que l'arrivée de Lalla fût attendue avec impatience.

Omar, à intervalles réguliers, — il prenait soin cependant d'espacer ses visites — se rendait chez sa tante. Il l'appelait de la porte d'entrée, craignant de s'engager plus avant dans cette demeure profondément silencieuse. Mais elle reconnaissait sa voix et lui ordonnait, du fond de la maison, d'entrer.

Lorsqu'il se présentait à elle, tout embarrassé, elle déversait sur sa tête un déluge de questions.

— Où allais-tu comme ça ? Pourquoi es-tu venu ? Qui t'a envoyé ? Veux-tu quelque chose ?

— Je suis venu seulement..., essayait-il de répondre, sans pouvoir donner de raisons satisfaisantes.

Il se sentait si intimidé qu'il était le seul à avoir compris ce qu'il avait dit. A la façon dont Lalla l'assaillait de questions, il saisissait qu'elle ne l'encourageait nullement à répondre ; il ne s'en tirait pas aisément avec elle. Ses demandes ne nécessitaient du reste aucune réponse. Sans plus s'occuper de lui, elle marmonnait ses prières. Parfois même, entre deux phrases, elle reprenait son oraison.

Omar finissait par chuchoter du bout des lèvres :

— Lalla, je voudrais un morceau de pain...

La prière de tante Hasna s'arrêtait net. Lalla l'examinait intensément. C'était la seconde que l'enfant redoutait.

Invoquant les saints, se plaignant de rhumatismes qui lui ankylosaient le dos, elle se relevait. D'une commode, elle retirait une miche habillée d'un linge légèrement humide. Avec un couteau, elle découpait une tranche de ce pain dont Omar conservait toujours dans la bouche le goût d'humidité et l'imperceptible odeur de moisi. Qu'il était bon, avec cette saveur.

Elle renvoyait vite le garçon chez lui.

— Va-t'en. Ne reste pas ici. Et ne traîne pas dans les rues ; fais attention aux voitures, tête de linotte.

Dominant sa joie, il se sauvait, sa tranche de pain à la main.

Tante Hasna habitait à l'autre extrémité de la ville. Lorsqu'elle venait à la maison elle restait toute la matinée, bien qu'elle protestât à grands cris et jurât dès son entrée, en manière de politesse, qu'elle ne passerait qu'un quart d'heure, pas une seconde de plus. Lalla essayait d'aider Aïni ; elle ne pouvait pas grand'chose ; personne à sa place n'aurait pu faire davantage.

La conversation retint tante Hasna jusqu'à l'heure de midi. La vieille femme s'attarda encore, avant de songer à partir, à demander ce que devenait Mansouria, la petite cousine. Aïni l'assura vaguement qu'elle était venue les voir, il n'y avait pas longtemps.

— Mais elle est toujours noire, Lalla. Noire !

— Je la connais, ma pauvrette. On dirait qu'il y a dix ans qu'elle n'est pas allée aux bains. Enfin ! Si elle se montre chez toi, envoie-la moi. J'ai quelque chose pour elle.

Quoi, Lalla met des choses de côté pour la petite cousine maintenant et ne pense pas à nous ? Nous sommes devenus des riches, nous ? Le cœur d'Aïni se pinça. A bon droit elle s'estimait frustrée. Et c'est moi qu'elle veut faire travailler pour ses noces, comme si j'étais son esclave ! On se croit tout permis avec nous. Elle n'a pas voulu dire ce qu'elle va donner à la petite cousine.

Quand Lalla voulut se lever, ce fut une affaire. Elle s'arc-bouta des deux mains contre le sol et souleva, pour commencer, son arrière-train démesuré. Aïni l'adjurait cependant de rester à déjeuner.

— Tu partiras l'après-midi, quand l'air fraîchira. A cette heure, on se consume, dehors.

Aïni lui adressa toutes les prières qu'on prononce en pareille circonstance pour retenir un hôte. L'usage le voulait, pauvre Aïni ! Qu'avait-elle à offrir ? Sous la masse de chairs et d'étoffes que formait Lalla, sortit un filet de voix :

— Je ne peux pas. Bouh ! Non, non, Aïni. Comment serais-je reçue par mes brus... Il faut que je m'en aille. Si vous avez à manger, gardez-le pour vous ; il n'est point besoin que je le partage avec vous.

Aïni n'en persista pas moins à la retenir. Ramassant son haïk autour d'elle, Lalla parvint en fin de compte à se camper sur ses jambes et, ce faisant, prononça le nom d'Allah plusieurs fois de suite.

Les enfants déversaient de pleins seaux sur le carrelage. Aussitôt répandue, l'eau s'évaporait en une vague ardente. Ils s'enlisaient sans espoir dans cette fournaise. C'était cruel, cette force aveugle qui les submergeait. Ils n'en finissaient pas de lutter contre elle.

— Impossible de se rafraîchir par ce soleil de malheur ! proféra Aouïcha.

Il faut de l'eau !

— Faut de l'eau, beaucoup d'eau, disait Aïni. C'est plus qu'une géhenne ici. Allez en bas, amenez ce que vous pouvez d'eau. Ne traînez pas...

Ils titubaient, comme ivres.

— N'y a pas de raison. Le soleil ne s'arrêtera pas de chauffer, observa Omar.

L'atmosphère était irrespirable.

— Ça ne me dit rien d'aller et de venir tout le temps, pleurnicha Mériem. Pour de l'eau qu'on verse. L'escalier est pire qu'une échelle... On se rôtit le cuir des pieds.

Mais elle faisait comme les autres. Omar traînait une vieille marmite. Ses deux sœurs, Aouïcha et Mériem, charriaient l'eau dans des bidons. Du puits, dont ils faisaient grincer la poulie sans discontinuer, tout était inondé sur leur passage... Omar hissait son récipient comme il pouvait. Après une marche, il le déposait sur la suivante et ne se faisait pas faute d'en répandre un peu à chaque fois. Il arrivait tout de même à grimper l'escalier. De là, il fonçait tête baissée vers la chambre.

Seule Aïni ne bougeait pas. Clouée devant sa machine à coudre, elle piquait des empeignes qui s'échappaient de son aiguille en chapelets. De la voix, sans détacher les yeux de son ouvrage, elle incitait les gosses à transporter plus d'eau. Son corps suivait le rythme de la mécanique. On aurait dit qu'elle rêvassait. Mais pour peu que leur va-et-vient du puits à la chambre se relâchât, elle suspendait son travail et un regard suffisait. Ils se remettaient à jeter de l'eau sur le sol et les murs nus, toujours plus d'eau. La machine recommençait à tourner, et les épaules anguleuses de leur mère épousaient son mouvement uniforme. Dès cet instant, Aïni, malgré la précision de ses gestes, agissait comme en dormant.

Il n'y avait qu'à pénétrer dans leur galetas pour se rendre à l'évidence. Il était vain de parler de fraîcheur, et pourtant Aïni en avait besoin pour travailler. C'est même un miracle qu'on n'y eût encore trouvé aucun d'entre eux foudroyé.

Dehors l'air tremblait, tombait en cendre : un poudroiement gris. Tout était délavé dans un enfer de lumière. A chaque pas, les enfants butaient contre les murailles que dressait la chaleur desséchée d'août; le ciel en ébullition vomissait des tourbillons de mouches que des odeurs de fosses attiraient. Ces journées lâchaient sur le quartier une puanteur subtile, tenace, de charogne que ni les coups d'air ni la chute de température nocturne ne parvenaient à défaire.

Le silence tournait, rond comme une meule. L'énorme demeure restait muette ; les locataires ne bronchaient pas. Tous, à cette heure, fermaient leurs portes et se réfugiaient dans les profondeurs de la maison. Au plus secret des pièces, où l'obscurité semblait avoir été prise au piège, palpitait le souffle d'innombrables existences.

Il n'y avait que les enfants d'Aïni qui étaient debout. Néanmoins, en dépit de leur ardeur, ils se sentaient en proie à un sombre découragement. Le ronronnement de la machine à coudre remplissait la chambre avec entêtement. N'y tenant plus, les enfants mirent cul à terre pour souffler. Omar observa avec un morne étonnement le dallage qui séchait. Ses frusques étaient trempées ; qu'importe. Il n'avait envie de rien, cette sensation d'humidité sur la peau le soulageait un peu. La grande sœur continuait la navette entre le puits et la chambre, ses seaux au bout des bras. Voyant Mériem se tordre de rire à ne plus pouvoir tenir debout, Omar fut gagné par la contagion.

Aïni remarqua le jeu auquel ils se livraient. Elle croisa les bras et sans quitter sa machine loucha de leur côté en dodelinant la tête.

— Encore ! Ne vous arrêtez pas.

Cela les refroidit instantanément.

Elle se leva. Il fallait se tenir hors de sa portée.

— Tu peux courir, lui déclarèrent-ils.

Ils lui glissèrent entre les doigts comme de l'eau. Ils contrefaisaient sa mimique désordonnée.

— Omar ! Prends garde, tu t'en repentiras. Arrive ici, ça vaut mieux pour toi.

Sans s'arrêter de crier, elle le fixait entre quatre-z'yeux. Allait-elle bientôt finir de hurler ?

— C'est moi, Omar, C'est bien moi. C'est moi !

Elle mit l'index sous l'œil droit pour lui signifier qu'il n'avait rien à espérer de sa mansuétude :

— Tu ne perds rien à attendre.

— Je t'enquiquine.

Le mieux pour lui, de toute évidence, était de se débiner. Et hop ! en moins de deux dans la rue, avant que l'une de ses sœurs ne vînt l'empoigner et de force le pousser vers la mère. Il laissa celle-ci se saouler de cris.

Mériem, elle, rampa vers sa mère comme une chienne. De la rue, Omar l'entendit beugler.

Évidemment Aïni les avait produits, personne ne disait le contraire, encore qu'elle ne leur eût pas demandé leur avis. Mais, moi, je n'ai rien demandé. Il est vrai que je ne pouvais guère parler alors. Maintenant c'est fait, je suis ici ; qu'elle nous fiche au moins la paix. J'entends ne pas me laisser marcher sur les pieds, serait-ce par celle qui m'a nourri du lait de sa mamelle. Omar résolut d'attendre dehors.

Il fallait voir quand elle attrapait l'un ou l'autre, et jusqu'à cette grande perche d'Aouïcha. Elle leur tanait la peau. Elle allait fort en besogne. Il valait encore mieux qu'aucune femelle ne s'avisât à ce moment-là de lui brailler que ce n'était pas juste, que ce n'est pas comme ça qu'on élève des enfants. Aïni vitupérait plus fort, si c'était encore possible :

— Comment, je ne peux plus les battre ? Ils ne sont pas mes enfants ? Qu'est-ce que vous me baillez là ? Et si je veux les tuer, moi ? Je ne peux pas ? Qu'est-ce qui m'en empêchera ? Ils ne sont pas à moi ?

Elle se tournait vers les voisins, qui tenaient à rester à bonne distance, et la contemplaient.

— Je vous siffle les sangs, mettez-vous bien ça dans la tête. Je sais élever mes enfants. Dans le respect. Suis-je de ces femmes, croyez-vous, qui laissent leur progéniture sans éducation ?

— Un de ces jours, songea Omar, on réglera tous ces comptes.

Il jouait devant la maison en attendant que le grain s'éloignât. Soudain plusieurs voix éclatèrent à l'intérieur : elles partirent en même temps. Il entra pour voir. Agglutinées dans la cour, les femmes vociféraient en agitant convulsivement les bras. La plupart orientaient leurs regards vers la chambre d'Aïni. D'autres échangeaient des explications. Ces dernières se mirent aussi de la partie. Une vraie arquebusade ! Elles clamaient plus fort les unes que les autres. Omar n'y comprenait rien. Apparemment ces récriminations visaient sa famille.

— Il n'est plus possible de les supporter ! Ils nous empoisonnent l'existence !

Une locataire du rez-de-chaussée prit Aïni à partie à cause du bruit que faisait sa machine à coudre.

— Aïe, mes aïeux ! Ce fracas ne nous laisse aucun répit. La nuit, mon mari n'arrive pas à fermer l'œil.

Il faut bien qu'il dorme, ce pauvre homme, pour trimer le lendemain. Mais elle ne se fatigue pas de coudre jusqu'à minuit. Créatures de Dieu, le coupable n'est personne d'autre que cette mécanique infernale.

— La faute en est, proclama une autre, plutôt à ses bâtards qui traînaillent avec leurs bidons tout le temps de la sieste.

— Leur mère ne fait rien pour les calmer, cette fielleuse !

Toutes ces voix exaspérées vibraient durement. Ce ne furent à la fin que plaintes stridentes.

De longtemps, on n'avait entendu pareil raffut. Le feu couvait depuis pas mal de jours ; ça n'était un mystère pour personne. De brèves répliques avaient crépité de temps à autre. Mais les femmes, ça ne leur suffisait pas. Elles s'agitaient, à bout de nerfs, le sang piqué. Cet après-midi, à la fin de la sieste, l'orage devait crever. Il le fallait bien, sinon elles seraient toutes devenues folles.

Il y en avait qui ne disaient rien. Mais, entre leurs dents, elles sifflaient toutes sortes de malédictions. Celles-là, il fallait châtier leur hypocrisie. Omar exhiba son petit membre sous leurs yeux et fit des gestes obscènes. A cette vue, elles piaulèrent en montrant son chose du doigt.

Il les insulta et cracha devant lui.

Dès lors une grande confusion troubla Dar-Sbitar et ne fit que s'amplifier.

Les glapissements attirèrent, des maisons voisines, d'autres femmes ; celles-ci avaient coutume de rappliquer au moindre pet. Elles se serraient en groupe muet à l'entrée. Dans leur précipitation, elles n'avaient eu pour la plupart que le temps de jeter sur leur tête, qui une serviette, qui un châle, ou seulement le rebord de la tunique troussée par derrière. Déjà, elles s'avançaient, sans vergogne, jusqu'au milieu de la cour. Une femme ne sait guère résister aux premières annonces d'une querelle. Celles qui ne pouvaient venir par la rue, accouraient en traversant les terrasses ; on observait là-haut des grappes humaines qui se penchaient pour écouter.

Aïni, qui avait abandonné sa machine, tenait tête à cette ménagerie déchaînée. Elle répondait tantôt à l'une, tantôt à l'autre, secondée par ses deux filles. Les femmes réunies furent impuissantes contre elles trois, malgré tout ce qu'elles leur dégoisèrent. Aïni et sa nichée leur assenaient des paroles qui leur taillaient des morceaux tout vifs du cœur.

Sur ces entrefaites, un être à la démarche sautillante, enveloppé dans plusieurs robes comme un oignon, se traîna avec inquiétude vers le centre de Dar-Sbitar. On ne remarqua pas d'abord sa personne. Mais quand les autres virent cette créature naine et ronde, le tumulte cessa d'un coup. Toutes restèrent bouche bée. On s'écarta pour lui laisser le passage. La vieille, s'immobilisant enfin, porta les mains aux hanches et tenta de lever la tête vers Aïni, mais dut y renoncer. C'était la propriétaire ; quel silence !

— Qui es-tu ? Qui es-tu, prononça-t-elle à la fin d'une voix de petite fille, toi qui te permets de retourner ma maison ? Je te dis que tu es envieuse de la tranquillité des gens qui valent mieux que toi. Taisez-vous, vous autres, laissez-moi causer. J'ai longtemps attendu ce jour ; laissez-moi dire ce que j'ai sur le cœur. Tu envies nos plaisirs et nos joies. Nous en avons toutes assez, tu m'entends, assez de sentir tes regards sur nous. Ton œil nous a suffisamment fait de mal. Vous allez, toi et tes bâtards, déguerpir de ma maison, sinon vous la quitterez de force.

Quelques femmes l'approuvèrent pendant qu'Aïni pâlissait.

— Moi, vieux garagouz ! Tu crois que je t'envie, moi ? rétorqua celle-ci. Plutôt, je te plains. Tes joies, je ne les gêne pas, mais Dieu les gênera. Pense que chaque jour te rapproche de la tombe ; tu n'attends pas la mort alors qu'elle est en toi déjà. Et tu passes ton temps à contempler les murs de ta maison ; qu'ils tombent sur toi. Misérable ! Mets Dieu dans ton cœur et sache que la mort est suspendue au-dessus de ta tête. Tfou ! crapaud malfaisant.

— Que la mort t'emporte, toi, emporte ta famille, emporte tous tes proches. Je suis ici chez moi, lécheuse d'assiettes. Je te montrerai qui je suis.

— Moi, je travaille pour nourrir quatre bouches. As-tu jamais travaillé une journée de ta vie, femme stérile ? Non, à coup sûr.

— Tes pareilles sont au bordel, le seul endroit qui te convienne.

— Nous sommes pauvres, mais notre réputation d'honnêtes gens est intacte, Dieu merci !

— Tu n'es qu'une mendiante !

— Tu oublies peut-être, bouche d'égout qui déborde, que ton frère a crevé en prison. Tas de voleurs !

Le cœur d'Aïni était près d'éclater.

— Taisez-vous. Silence, femmes !

C'était Zina qui avait lancé cet ordre du premier étage. Les femmes, le sifflet coupé, considéraient cette gêneuse qui venait tout gâcher. Qu'est-ce qu'elle avait celle-là, encore ?

— Écoutez. Il a été arrêté. Ma fille Zhor, que voici, a vu les gendarmes lui mettre les chaînes aux mains. Elle pourra vous le dire.

Elle poussa Zhor vers la balustrade. La troupe des femmes éberluées levait la tête.

— Qui a été arrêté ?

On ne sut laquelle d'entre elles avait posé cette question. Alors un terrible pressentiment pesa sur toutes les têtes. La maison, touchée, le comprit à ce cri. Elle se couvrait d'ombre brusquement.

— Qui ? Vous demandez qui ? s'étonna Zina.

Les femmes n'y étaient pas. Faisaient-elles les idiotes ? Elle répéta avec mépris :

— Vous ne comprenez pas ?

Alors Fatima explosa.

— Ha haï ! Mon frère. Son cri partit, s'enfla de plus en plus. Ha haï ! Mon frère. Ha haï ! Mon frère. Bouh ! Bouh ! Bouh !

Dans l'atmosphère chargée d'angoisse, de ressentiment, de misère, Dar-Sbitar subit un instant d'égarement. Au dehors de la grande maison, guettait l'ennemi ; il attendait son heure pour bondir. Les femmes avaient oublié leur querelle en un instant ; Dar-Sbitar se repliait sur elle-même.

Zhor raconta ce qu'elle avait appris — et non vu de ses propres yeux — chez sa sœur, à Bni Boublen. Elle redescendait de là-haut, quand la nouvelle circula : Hamid Saraj venait d'être appréhendé avec plusieurs fellahs. On ne parlait à la campagne que de ces arrestations.

Une des femmes se mit à dire :

— Lekhal Mohammed n'était-il pas un homme que tout le monde connaissait en ville ? N'a-t-il pas été arrêté dans la rue le mois passé sans qu'on en sache la raison ? Et quelques jours après, sa femme n'est-elle pas allée à la maison de la Sûreté ? Elle voulait prendre de ses nouvelles et lui porter à manger. Quelle ne fut pas sa surprise de voir sortir le vieux médecin Vertuel — elle disait Bertouel. Et Bertouel n'est-il pas le médecin des morts ? L'après-midi un cadavre était transporté à l'hôpital militaire. Lekhal n'avait jamais eu affaire à la justice jusqu'à ce jour. Il est arrivé dans les locaux de la police en bonne santé. Il en est ressorti trois jours après, mort.

— Que dis-tu ?

Fatima se frappa les cuisses en poussant un hurlement.

En attendant, Omar prenait le jeu au sérieux. Sa joie d'exister était si forte et il s'y donnait si entièrement qu'il était de la sorte suffisamment occupé. Il vivait pour ainsi dire impunément, et tout à son plaisir.

Il s'abandonnait à l'insouciance, protégé qu'il était par son enfance.

Il avait terriblement faim, toujours, et il n'y avait presque jamais rien à manger à la maison; il avait faim au point que certaines fois l'écume de sa salive se durcissait dans sa bouche. Subsister, par conséquent, était pour lui l'unique préoccupation.

Il était cependant habitué à n'être jamais rassasié; il avait apprivoisé sa faim. A la longue, il put la traiter avec l'amitié due à un être cher; et il se permit tout avec elle. Leurs rapports s'établirent sur la base d'une courtoisie réciproque, attentive et pleine de délicatesse, comme seule une ample compréhension saurait en faire naître entre gens qui se jugent d'abord sans la moindre complaisance et se reconnaissent ensuite dignes l'un de l'autre. Grâce à cette entente, Omar renversa toutes les indifférences, filles de la peur et de la paresse. Et s'il avait songé à donner voix à ce qui était profondément enfoui en lui, il se serait à n'en pas douter exprimé en ces termes : « Mère bien-aimée, Mère faim, je t'ai réservé les mots les plus tendres... »

Que de soirs il s'agenouilla à ses pieds, l'âme et les yeux absorbés dans le plus vaste amour, tandis qu'elle souriait, souriait... et s'approchait de lui, l'environnait de sa douce et indulgente présence. Et lui s'assoupissait d'un sommeil vigilant sous le mouvement de ses mains légères, trop légères.

Lorsque le calme se rétablit un peu, Omar entendit sa mère jeter appel sur appel. L'impatience faisait chevroter sa voix qui lançait l'un après l'autre les noms de ses gosses. Par-dessus la rumeur qui dominait encore la maison, elle leur enjoignait de revenir. La colère la tenait toute. Ce n'était pas le moment de se mettre en tête de lui désobéir. Faire obéir sa progéniture lui était encore une consolation, un soulagement. Aïni avait eu tant de malheurs dans sa vie, une misère qui durait depuis tant d'années que ses nerfs s'étaient usés dans la lutte quotidienne.

Dès qu'un de ses enfants apparaissait, elle le poussait à l'intérieur de la pièce. L'un après l'autre, ils reçurent un coup de poing entre les omoplates. Toutefois la dernière, Mériem, manquait, mais personne ne s'en inquiéta. Elle finirait bien par arriver.

La nuit se fit plus noire. Quelques femmes obstinées s'acharnaient à converser en bas.

La faim, de plus en plus lancinante, faisait gargouiller les intestins des petits. Timidement d'abord ils demandèrent à manger. Aïni paraissait écrasée. Tous ensemble alors ils l'implorèrent. Elle se leva, distribua de vieux morceaux de pain, avec une moitié de concombre, une pincée de sel. Omar épluchait sa part. Il ne jeta pas les pelures. Il s'en colla quelques-unes sur le front et les tempes et en éprouva une sensation de froid aiguë. Il mangea celles qui restaient. Ensuite il poudra de sel la pulpe et y mordit.

Les lèvres claquaient doucement. Aïni, la bouche pleine, appela, en regardant la porte :

— Mériem ! Mériem !

Elle cria de façon qu'elle pût être entendue de loin.

— Dieu du ciel ! s'exclama-t-elle. Viens manger, Mériem. Qu'est-ce que tu fais ?

Rien ne signalait que la fillette fût dans la maison.

— Elle est sortie, se dit tout haut Aïni. A cette heure, mon Dieu. Ah ! malheureuse que je suis, malheureuse.

Elle se remit à mâcher lentement.

Peu après, elle souleva le rideau qui masquait la porte. Elle aperçut Mériem à un pas du seuil. Elle descendit la marche d'entrée. Sa fille, immobile, la regardait.

— Qu'est-ce que tu as ?

— Si ces femmes parlent autant, c'est parce qu'elles ne savent pas se taire. La mort vaut mieux que ça.

La voix de Mériem était fragile, irréelle.

— Tu n'as pas faim ? demanda Aïni.

— Si.

— Eh bien, viens manger.

— Pourquoi ne m'as-tu pas appelée ?

Le visage de Mériem était impassible. De la voir ainsi, de voir les ombres de son âme transparaître sur ses traits, sans trop savoir pourquoi, Omar eut peur. Il lui arrivait souvent de surprendre en lui un tel déchirement. Chaque fois il s'en défendait avec désespoir. Son regard revint sur elle. Il vit dans ses yeux une prière. Le seul désir de Mériem était-il de quitter la vie ? Il s'étonna d'avoir eu cette pensée. Elle semblait se retourner, anxieuse, pour fixer la nuit.

Toute cette eau ne servait à rien. Ils le savaient tous. Au soir, la chaleur fondit sur eux. Leurs corps furent moites.

Une nuit haletante commença. Pressées par la mère, les deux filles étendirent les peaux de mouton au milieu de la pièce. Omar gagna la sienne. La lumière d'une ampoule électrique sans abat-jour, accrochée au plafond, trouait la nuit. A travers ses paupières closes, il sentait la pointe de cette lumière qui pénétrait ses chairs. Au seuil du sommeil, il se rappela la présence de deux femmes. Étaient-ce Zina et sa fille Zhor ? Elles chuchotaient avec Aïni. Omar fut agité par un étrange malaise. Les regards des trois femmes lui donnaient de la fièvre. Cette conversation étouffée, rapide, persistait. Une psalmodie. Soudain ses genoux devinrent froids, l'espace d'une seconde.

Les femmes semblaient craindre de parler. Elles le dévisageaient à la dérobée, en silence, du fond de la chambre. Omar en voulut aux intruses. Cette chambre où il espérait être tranquille, voilà qu'il était obligé de la haïr à cause de ces ombres assises. Que pouvaient-elles avoir à faire avec sa mère ? Quelqu'un parla dans la cour. Tout à coup il lui devint impossible de supporter plus longtemps les regards des femmes.

Une boucle de lumière et de silence se refermait sur lui. Lumière et silence n'étaient plus que ténèbres. Cela ne dura qu'une seconde et il oublia vite ses souffrances. Voici que la cour était pleine de femmes qu'attirait l'atmosphère d'excitation et de scandale qui ne cessait de régner dans Dar-Sbitar ; des voix se mêlaient sans s'accorder ; des dialogues commençaient dans un murmure furtif et explosaient dans l'exaspération générale, — les femmes étaient ce soir-là particulièrement déchaînées. Pourquoi cette foule était-elle indignée ?

— Sors de là, Omar, lui lança l'une d'elles. Tu seras maudit toute ta vie.

Une autre se frappait les cuisses comme s'il s'agissait d'un deuil ; elle jetait en l'air une plainte stridente qui zébrait la nuit tel un hurlement de mort. Toutes, avec une décision implacable, piétinèrent ce qui se trouvait par terre, dans la chambre, autour d'Omar.

Leurs récriminations étaient proférées avec des voix si aiguës et si funèbres que, durant plus d'une heure, l'enfant n'eut l'esprit occupé que par elles, ayant tout oublié de sa souffrance. Il revint à lui et se rendit compte que plus aucun bruit ne parvenait à leur chambre. Avec mille précautions, il essaya de comprendre ce qui s'était passé. Le silence qui succédait à tout ce tumulte était déroutant, beaucoup plus même que les paroles incohérentes perçues quelque peu auparavant. Il eut la sensation que tout cela venait d'un autre monde. Dans son estomac, les aliments qu'il avait pris — pain et concombre — formaient un poids de plus en plus lourd.

Omar avait fini par confondre Dar-Sbitar avec une prison. Mais qu'avait-il besoin d'aller chercher si loin? La liberté n'était-elle pas dans chacun de ses actes? Il refusait de recevoir de la main des voisins l'aumône d'un morceau de pain, il était libre. Il chantait s'il voulait, insultait telle femme qu'il détestait, il était libre. Il acceptait de porter le pain au four pour telle autre, et il était libre.

Mais en dépit du sentiment farouche que lui procurait cette apparence d'indépendance, ça n'allait pas. Irréductible, pur, un instinct implacable, toujours en éveil, le dressait contre tout. Omar n'acceptait pas l'existence telle qu'elle s'offrait. Il en attendait autre chose que ce mensonge, cette dissimulation, cette catastrophe qu'il devinait. Autre chose. Et il souffrait non parce qu'il était un enfant mais parce qu'il était jeté dans un univers qui se dispensait de sa présence. Un monde ainsi fait, qui apparaissait irrécusable, il le haïssait avec tout ce qui s'y rattachait.

Il ne croyait pas aux paroles des grandes personnes,

il ne reconnaissait pas leurs raisons, faisait peu de cas de leur sérieux, récusait leur assurance. Sous leurs regards souverains, il se consolait en secret de son jeune âge en comptant sur l'avenir pour prendre sa revanche. Les images de bon petit garçon ou de mauvais sujet qu'on se faisait de lui ne procédaient que d'une équivoque.

Quelque chose pourtant l'empêchait obstinément de connaître la vie pleine et comblée. Un voile le séparait de cette découverte. Il en prenait son parti avec cette aisance qui paraît chez les enfants comme un détachement. Cependant, assiégé par les puissances obscures qui menaçaient son existence, ce n'était pas sans un grand désarroi qu'il avançait dans l'univers qui était le sien.

Ses parents, de même que tous ceux qui s'agitaient sans fin autour de lui, prenaient, semblait-il, leur parti de ce bagne. Ils essayaient de réduire leur existence à l'échelle d'une cellule de prison. Il y avait bien dans chacune de ces existences une haute lucarne d'où tombait un petit jour anémié. Mais nul ne songeait à se demander d'où provenait cette clarté. Fallait-il lever les yeux ? En avait-on le temps ? Impossible. On trottinait d'une peine à l'autre avec un affairement de fourmis, le nez à terre. Mais certains, des fous, à tout prendre, tout à coup se jetaient, on ne savait pourquoi, contre cette fenêtre, se collaient aux barreaux qui la défendaient solidement, pour crier au ciel bleu — quoi ?

Dar-Sbitar vivait à l'aveuglette, d'une vie fouettée par la rage ou la peur. Chaque parole n'y était qu'insulte, appel ou aveu ; les bouleversements y étaient supportés dans l'humiliation, les pierres vivaient plus que les cœurs.

Aïni déclarait souvent :

— Nous sommes des pauvres.

Les autres locataires l'affirmaient aussi.

Mais pourquoi sommes-nous pauvres? Jamais sa mère, ni les autres, ne donnaient de réponse. Pourtant c'est ce qu'il fallait savoir. Parfois les uns et les autres décidaient : C'est notre destin. Ou bien : Dieu sait. Mais est-ce une explication, cela ? Omar ne comprenait pas qu'on s'en tînt à de telles raisons. Non, une explication comme celle-là n'éclairait rien. Les grandes personnes connaissaient-elles la vraie réponse? Voulaient-elles la tenir cachée ? N'était-elle pas bonne à dire ? Les hommes et les femmes avaient beaucoup de choses à cacher ; Omar, qui considérait cette attitude comme de la puérilité, connaissait tous leurs secrets.

Ils avaient peur. Alors ils tenaient leur langue. Mais de quoi avaient-ils peur?

Il en connaissait, des gens comme sa famille, leurs voisins et tous ceux qui remplissaient Dar-Sbitar, des maisons comme celle-là et des quartiers comme le sien : tous ces pauvres rassemblés ! Combien ils étaient nombreux !

— Nous sommes nombreux ; personne qui sache compter suffisamment pour dire notre nombre.

Une émotion curieuse le pénétra à cette pensée.

Il y a aussi les riches ; ceux-là peuvent manger. Entre eux et nous passe une frontière, haute et large comme un rempart.

Ses idées se bousculaient, confuses, nouvelles, avant de se perdre en grand désordre. Et personne ne se révolte. Pourquoi ? C'est incompréhensible. Quoi de plus simple pourtant ! Les grandes personnes ne comprennent-elles donc rien ? Pourtant c'est simple ! simple !

C'est simple.

L'enfant continuait : c'est simple. Cette petite phrase se répercutait dans son cerveau endolori et semblait ne point devoir s'évanouir.

— Pourquoi ne se révoltent-ils pas ? Ont-ils peur ? De quoi ont-ils peur ?

Elle se précipitait dans sa tête à une allure vertigineuse.

Pourtant, c'est simple, c'est simple !

Une dérive sans fin... Et voilà que le souvenir de Hamid parlant à une très grande foule se dresse dans son esprit. Hamid disait : Pourtant, c'est simple.

Le local de la rue Basse est comble. On entendrait voler une mouche. Dans la foule compacte, personne ne bouge. Les hommes écoutent : des gens de la campagne, des fellahs, qui ont apporté leur odeur âcre, une odeur puissante de terre retournée, de champs. Immobiles, ils écoutent. Quelqu'un parle. Leurs djellabas brunes au poil rêche épaississent l'atmosphère de buée. L'air tiède du local en est tout alourdi. Les djellabas ont absorbé toute la pluie du matin, que les fellahs avaient reçue sur le dos en venant de leurs campagnes à pied. Ils ont circulé un peu en ville avant de se retrouver à la réunion. L'homme parle dans le fond de la salle. Dans l'atmosphère sombre, s'élèvent des fumées de tabac. Le lieu reçoit une maigre lumière d'une fenêtre haut placée. On entend fort bien les paroles.

« Les travailleurs de la terre ne peuvent plus vivre avec les salaires qu'ils touchent. Ils manifesteront avec force. » L'orateur cite en exemple des domaines que connaissent les fellahs.

« Il faut en finir, avec cette misère. » Ses phrases, claires, donnent une sensation réconfortante : tout ce qu'il dit est juste. Un homme qui parle comme ça, on a confiance en lui. Ses raisons n'ont rien de sombrement passionné.

« Les ouvriers agricoles sont les premières victimes visées par l'exploitation qui sévit dans notre pays. »

Son ton demande que chacun comprenne, que rien ne soit laissé dans l'ombre. Il faut que toutes les explications soient fournies, toute obscurité dissipée. Et l'orateur dit que les travailleurs de la terre vont vers de grandes luttes. Il a le ton de celui qui prend à part chaque assistant. Il entretient celui-ci de la question, ensuite celui-là, puis cet autre...

« Des salaires de 8 et 10 francs par jour. Non, ce n'est plus possible. Il faut une amélioration immédiate des conditions de vie des ouvriers agricoles. Il faut agir résolument pour atteindre ce but. »

Les yeux des hommes renferment des regards profonds.

« Les travailleurs unis sauront arracher cette victoire aux colons et au Gouvernement Général. Ils sont prêts pour la lutte. »

A cet instant une troupe d'enfants entre brusquement, conduite par Omar qui sent aussitôt deux mains d'homme se fermer sur ses maigres épaules. Il se retourne : un fellah debout derrière lui le maintient. Il ne peut plus guère bouger ; les autres garçons non plus. Alors ils renoncent à échanger des appels, à courir de plusieurs côtés. Ces hommes sont des fellahs, mais bien gentils. Les gamins font comme eux. Ils écoutent. Ils deviennent sérieux à mesure que l'heure passe. L'homme desserre insensiblement son emprise et ses mains se font légères : bientôt Omar ne les sent plus ; le fellah les a enlevées. Un grand calme se forme en lui. Omar ne sait plus à partir de quel moment il s'est mis à écouter. Et il retrouve ou reconnaît en lui ce qui est dit.

« A moins de mourir de faim, disent les colons, les indigènes ne veulent pas travailler. Quand ils ont gagné de quoi manger un seul jour, leur paresse les pousse à abandonner le travail. En attendant, ce sont les fellahs qui travaillent pour eux. De plus ils les volent. Ils volent les travailleurs. Et cette vie ne peut plus durer. »

C'est ça, pense Omar. Soudain, il frémit : il reconnaît Hamid, au fond de la salle, qui parle ; c'est lui! C'est donc Hamid...

Ces paroles qui expliquent ce qui est, ce que le monde connaît et voit, c'est étrange, à la vérité, qu'il se soit trouvé quelqu'un des nôtres pour les dire : de cette façon calme, nette, sans aucune hésitation.

Notre malheur est si grand qu'on le prend pour la condition naturelle de notre peuple. Il n'y avait personne pour en témoigner, personne pour s'élever contre. C'est du moins ce que nous croyions. Et il se trouve des hommes qui en discutent devant nous, qui le désignent du doigt : « Le mal est là ». Nous ne pouvons faire moins que de répondre : oui. De tels hommes sont forts. Et ils sont savants et courageux : ils connaissent la vérité comme nous la connaissons, nous. Et pas autrement. Et ils ont du mérite : ils peuvent en parler et l'exposer comme elle est. Nous, si nous essayons d'ouvrir la bouche pour en dire quelque chose, nous restons bouche bée. Nous n'avons pas encore appris à parler. Cette vie est la nôtre pourtant, nous la revivons tous les jours. Seulement nous la sentons mieux la charrue ou la pioche à la main, ou dans les fruits que nous arrachons, ou dans la gerbe de blé que d'un coup de faucille nous tranchons. Mais quand nous rencontrons des hommes comme celui-là, qui nous en font part avec cette science, qui ne ramènent pas des histoires de loin pour nous embrouiller, nous savons répondre : c'est cela. Parce que nous comprenons. Dans leur bouche, notre vie est bien comme ils l'expliquent. Ils nous inspirent confiance. Ces hommes, dans les paroles desquels nous nous reconnaissons, nous pouvons parler, marcher avec eux. Nous pouvons aller de l'avant avec eux.

Ils vivaient en effet comme le disait Hamid Saraj. Omar monta plusieurs fois à Bni Boublen avec Zhor dont la sœur était mariée là-haut. Dans le haut Bni Boublen, les cultivateurs étaient à leur aise, comme chez Kara Ali. Mais sur l'autre versant... Un jour, Omar, avec ses camarades, s'était baigné dans le bassin qui se trouvait à la limite des terres de Kara, où l'eau s'enfouissait dans la verdure, entre des figuiers, des mûriers, des micocouliers. De là, partait un sentier qui dévalait au loin dans la campagne. Omar eut l'idée subite de le prendre pour voir où il menait. Il pensait qu'après ces cultures, il en rencontrerait d'autres, mais il tomba net sur la route de Sebdou. Le bas Bni Boublen se trouvait à cet endroit-là. Tout comme le disait Hamid, les gens nichaient dans des trous de la montagne, hommes, femmes, enfants et bêtes. Au-dessus de leur tête, il y avait un cimetière, les vivants logeaient sous les morts.

Des lignes de constructions lointaines se dressaient dans l'embrasure noire de la porte et se profilaient dans la nuit. Leur netteté meurtrissait la pensée. Cette vision éveilla dans le cœur d'Omar le sentiment de quelque chose qu'il oubliait, qui, telle une douleur qu'on est sûr de devoir ressentir dans la seconde qui suit, allait d'un coup affluer à son cœur. Mais ce qu'on oublie n'est jamais aussi terrible : ces malédictions que les femmes avaient jetées sur lui tantôt ! Et brusquement, sa vie lui apparut dans toute sa dureté. Il était condamné à l'endurer à jamais.

Dehors, nuit d'août. Une réverbération sans chaleur rongeait de sa blancheur le ciel. Omar vit cette chambre éclatante et sombre. Le seuil baignait dans la lune étalée jusqu'aux pieds des dormeurs qu'elle léchait insensiblement.

Il ne cessait de se retourner sur sa couche ; l'insomnie s'emparait de lui. Ses vêtements le gênaient. Au plus fort de la nuit, des démangeaisons les prenaient tous. Les ongles raclaient un ventre, des fesses, des cuisses, longuement. Les punaises, dès que l'obscurité s'établissait, se coulaient hors de leur cachette et s'infiltraient dans leur literie. Les murs étaient pourtant chaulés, mais on en découvrait toujours. Aïni allumait à plusieurs reprises, la nuit, et en écrasait quelques-unes. Le jour, on remarquait de longues traînées brunes laissées sur les murs par le doigt qui les écrabouillait. Il n'y avait rien à faire. Même sans punaises la peau grattait toujours.

Pour n'avoir pas à se dévêtir devant ses sœurs, Omar s'endormit avec sa chemise et sa culotte. Un morceau de vieille bâche lui servait de couverture. Dans l'obscurité, il rejeta la bâche, enleva ses habits et se coucha à même le carreau, tout nu. Il éprouva pendant quelques instants une sensation de fraîcheur. Une nuit, sa mère avait suggéré d'asperger d'eau toutes les couches. Lui, il transforma la sienne en une véritable mare et s'étendit dessus. Mais il fut tellement malade par la suite qu'il n'eut plus envie de recommencer.

Le rideau de l'entrée était relevé, et la porte, dans le noir épais de la pièce, creusait une profonde trouée claire sur le monde nocturne. De sa place Omar observait le ciel qui se transformait en une vague phosphorescence où les étoiles se noyaient. Il était couché près de sa mère ; de l'autre côté, dormaient ses sœurs. Il n'osait regarder par là, redoutant que ses yeux habitués à l'obscurité ne lui montrassent ses sœurs également nues. Il resta un instant fasciné par cette pensée. En lui flottait un léger malaise.

Soudain un souffle d'air frais frôla sa peau. Il entendait les respirations profondes et régulières. Il se surprit à dénombrer les étoiles. Chaque fois que l'une d'elles rayait le ciel, c'était comme un poinçon qui pénétrait son cœur. Il ferma les yeux pour n'être plus vu par elles.

La chaleur, que la faim accompagnait constamment, leur faisait des nuits sans sommeil. Cependant, plus que la chaleur, la faim restait pour eux terriblement présente. Dans le corps d'Omar c'était comme une flamme insaisissable qui lui procurait une certaine ivresse. Devenue tout à coup trop légère, trop fragile, sa chair ne lui permettait pas de s'enfoncer dans l'épaisseur de la nuit où le sommeil n'est que sang et désirs. Une végétation aux racines flottant entre ciel et terre absorbait son corps, le vidait comme une cosse. Des plantes miraculeuses, comme autant de fusées, atteignaient leur pleine croissance et mouraient en quelques secondes. Et seul, persistait ce petit feu lointain dont la pointe lui brûlait les entrailles, tandis qu'il voguait, perdu, intégré aux vagues immobiles de la nuit.

Aïni brusquement parla. A qui s'adressait-elle? Qui l'entendait? Ne parlait-elle que pour elle-même?

— Ce travail me démolit la poitrine. Je n'en peux plus. Mes jambes sont sans force. Tout ce que je gagne ne suffit pas pour acheter assez de pain. Je travaille autant que je peux pourtant. Et à quoi ça sert?

Omar se rendit compte qu'Aouïcha écoutait. Sa sœur aînée ne disait mot. Lui aussi, écoutait. Un sentiment de gêne intolérable l'envahit. Où était sa mère, dans quelle nuit? Aouïcha ne dormait pas. Aïni observa un long silence.

Ces bruits mats, c'était elle qui les faisait. Elle

étendait les jambes sur le carrelage, ou bien elle appliquait les bras et les paumes contre le sol. L'insomnie torturait Aïni. Omar guettait dans le noir ses moindres mouvements, mais ne voulait pas qu'elle sût qu'il était éveillé. Lorsqu'elle se remit à parler, ce fut tout aussi inattendu que la première fois.

— Nous n'allons pas rester comme ça, reprit-elle. Aouïcha, tu peux garder les enfants, toi, si je m'absente. Je suis décidée à aller à Oujda ; j'apporterai encore d'autres coupons de soieries. Plusieurs femmes font ça continuellement. Pourquoi ne le ferais-je pas, moi aussi ? Ma sœur Mama ne voyage pas pour rien. Il ne se passe pas de semaine sans qu'elle fasse au moins un voyage. Tu crois que ça ne lui rapporte rien ? Et pour quoi abandonne-t-elle son vieux et ses enfants pour y aller si souvent ? Elle gagne de l'argent, c'est sûr. J'irai moi aussi. Tu garderas les enfants pendant que je ne serai pas ici.

— Oui, maman, répondit faiblement Aouïcha.

La ville d'Oujda se trouve à 90 kilomètres, de l'autre côté de la frontière. Ceux qui réussissaient à introduire des tissus de contrebande en Algérie, les revendaient à bon prix. Ils réalisaient des gains fructueux. Jusqu'au moment où on mettait le grappin sur eux. Ils payaient alors avec usure mais ne se guérissaient pas de leur passion. C'en est une, que la contrebande, même si elle constitue un gagne-pain dangereux (mais nécessaire) pour les populations frontalières. C'est un chassé-croisé quelquefois tragique avec les douaniers. Nombreux étaient les hommes et les femmes qui s'adonnaient à ce trafic. Les femmes sous leur haïk avaient plus de chances cependant de passer inaperçues. La police de frontière n'exigeait d'elles aucune pièce. (Qui a vu une mauresque se plier à une formalité ?) Mais sa mère saurait-elle encore échapper aux douaniers ? Elle était bien passée la première fois, mais cette fois-ci, passerait-elle ? Omar se révoltait, s'y refusait de toutes ses forces. Aller en prison... Elle ? Ce n'était pas possible. On peut voler, et il constatait qu'autour de lui on volait constamment : il ne voyait pas ce qu'il y avait de répréhensible à enfreindre la Loi. Mais quand il en arrivait à la pensée du châtiment, une panique le saisissait qui affolait sa chair. Il avait peur de la souffrance. Son corps l'appréhendait jusque dans la souffrance d'autrui, par une sorte de transposition instinctive. Non, sa mère ne s'en irait pas à Oujda, il n'arrivait pas à l'admettre.

Devait-il lui communiquer ses appréhensions ? Devait-il tenter de la détourner de son projet ? Hélas, il savait qu'il se tairait et dissimulerait son trouble. D'ailleurs sa mère se serait sans nul doute moquée de lui. Et s'il eût insisté, elle l'aurait rabroué. Un gamin. De quoi se mêle-t-il ? C'est une chose sérieuse que la vie ! Il y avait aussi d'autres murs dressés entre eux.

Cette nuit servit à Aïni à préparer ses plans. Faire de la contrebande : Omar l'avait déjà entendue exposer ses projets à Lalla ; c'était pour Lalla qu'elle allait voyager cette fois.

Elle essayait de lutter. Elle ruminait sans cesse des idées. Par quels moyens gagner plus d'argent ? Omar ne pouvait croire que pour augmenter leur revenu, sa mère acceptait, avec cette légèreté, d'encourir la prison.

La somme qu'elle recevait pour son travail était si ridicule, il est vrai, que c'en était exaspérant ; il n'y avait pour ainsi dire pas d'issue à leur situation. Depuis plusieurs mois qu'Aïni cousait ces empeignes d'espadrilles, ils n'avaient pas mangé une seule fois à leur faim. Omar l'aidait dans son travail ; mais rien n'y faisait. Aïni avait pensé un moment vendre sa machine. Mais elle était leur dernière défense contre le dénuement complet ; aussi changea-t-elle d'avis. Pendant combien de temps le produit de sa vente aurait-il nourri cinq bouches ? Pas longtemps, sans aucun doute. Et quand ils auraient eu tout mangé, jusqu'au dernier sou... que seraient-ils devenus ? Aïni conservait donc précieusement la machine, qu'elle avait eue aux premiers temps de son mariage : « Quand le miel était dans du bois de sureau ».

Cette machine lui rappelait les quelques jours heureux qu'elle avait connus durant sa vie conjugale. Depuis quinze ans, c'est-à-dire bien avant la mort de son mari, elle avait commencé à l'utiliser pour les faire vivre. Elle avait fait d'abord du piquage pour les cordonniers, pendant longtemps. Ensuite elle reçut de l'ouvrage d'un Espagnol, nommé Gonzalès, qui avait une fabrique d'espadrilles. Il fallut accepter le travail et le maigre salaire qu'il lui offrait ; et trop heureuse encore ! Sinon l'ouvrage lui passait sous le nez. D'autres n'auraient pas mieux demandé que d'en avoir davantage le jour de la répartition. Aussi se mit-elle à coudre ces empeignes d'espadrilles en grosse toile blanche et raide, sans souffler.

Mais Aïni avait changé plusieurs fois de travail. Elle avait cardé et filé de la laine. Ensuite, elle se mit à faire des arraguiats [1]. Puis des feutres foulés à la main. A présent, elle piquait à la machine. Elle avait eu, indéniablement, beaucoup de métiers. Pourtant elle ne gagnait jamais de quoi suffire. Et tout le monde dépendait, y compris Grand'mère désormais, du peu qu'elle touchait.

Elle était devenue anguleuse, toute en gros os. Depuis longtemps, tout ce qui fait le charme d'une femme avait disparu chez elle. Efflanquée, elle avait aussi la voix et le regard durs.

Le samedi après-midi, Omar l'accompagnait chez Gonzalès, l'Espagnol. Un homme-bedaine, ce Gonzalès ! Ses joues, aussi grosses que des fesses, lui bouffaient le visage.

Ce jour-là, il faisait le compte des femmes qui travaillaient pour lui ; et il les payait.

1. Arraguiats : calottes en toile écrue.

Pendant qu'il faisait ses calculs, Aïni se tournait vers Omar :

— Compte, toi aussi, pour voir si c'est bien ça.

Omar venait exprès pour vérifier la somme que l'Espagnol leur remettait. Sa mère ne savait pas compter. Mais ce n'était pas uniquement pour cela qu'il l'accompagnait. Il devait retenir dans sa tête combien de douzaines on leur réglait, et combien d'argent on leur donnait. Elle, tous ces chiffres, elle les embrouillait et n'arrivait jamais à y comprendre grand'chose.

Une fois à la maison, les opérations de vérification commençaient :

— Et celles qu'on a faites l'autre jour, elle y sont, dans son compte ?

Omar se remettait à tout calculer depuis le début pour savoir si les empeignes en question y étaient.

— Oui, elles y sont.

— Et celles que je lui ai portées, il y a quatre jours, à part ?

— Mais on les a ajoutées tout à l'heure, tu le sais bien. Elles se trouvent dans le compte.

— Je voulais tout simplement te demander si tu en es bien sûr.

— Oui, j'en suis sûr.

— Déjà comme ça, on n'y arrive pas. Si on commence à en oublier, c'est la fin de tout.

Ainsi, pendant des heures.

Quelquefois, le soir, avant de se coucher ou même le lendemain, alors que tout était fini, compté une fois pour toutes, elle interrogeait Omar à nouveau, tandis qu'on parlait d'autre chose.

— Est-ce que par hasard tu n'as pas omis les quatre

douzaines que l'ouvrier de Gonzalès est venu lui-même apporter à la maison ? Ce n'est pas moi qui suis allée les prendre. L'Espagnol n'a peut-être pas pensé à les marquer.

Omar la rassurait ; il lui répondait qu'elles étaient comprises avec le reste. Il n'en savait rien, à la fin. Il préférait lui dire oui, pour l'apaiser. Comment pouvait-on s'y retrouver avec sa manière de compter ? Sa mère posait l'argent qu'elle rapportait à la maison, sur sa robe tendue entre ses jambes. Il y avait de quoi manger du pain, ce jour-là.

— Voilà pour la farine, disait-elle. Vous voyez combien il en faut ?

Mériem avait les yeux fixés sur les pièces et les billets mêlés.

— Combien ? demandait-elle.

Et Aïni répondait :

— Il faut tout ça.

Elle faisait un tas à part.

La petite appelait Omar.

— Regarde, lui disait-elle. Il faut tout ça pour la farine seulement.

— Bien sûr, idiote, répondait son frère.

— Comment est-ce possible ?

— C'est comme ça.

— Mais il ne nous restera pas beaucoup, autant dire presque rien.

L'autre tas était constitué de quelques monnaies.

— Rien que pour le pain, vous voyez combien il en faut, disait la mère. Pour les autres choses, n'y pensons pas. Ce serait se rendre malade pour rien.

— Pourquoi tu ne travailles pas plus pour avoir un gros tas d'argent ? interrogeait Mériem.

— Fille ! Tu vois que je n'en peux plus.

En effet, Aïni trimait beaucoup ; elle ne s'arrêtait pour ainsi dire jamais. Le soir, le sommeil prenait les enfants, qui s'endormaient, mais elle travaillait toujours. Et quand ils se levaient, le lendemain matin, ils la trouvaient en train de travailler.

— On pourrait avoir de la viande, Ma. Ce serait magnifique. Hein ? Du couscous avec de la viande bouillie, arrosé de sauce. Qu'est-ce que tu en dis ?

— Faites-moi taire cette folle ! disait la mère.

Aïni, immobile, contemplait cet argent en quoi se réduisait toutes ses fatigues.

Omar pensait aussi à tout ce qu'ils pourraient manger de bon. Des tortillas confectionnées avec de la farine dans laquelle on ajoute de l'oignon, du persil haché et des débris de poisson. Ou des sardines frites, tiens ! Ou tout simplement de l'oignon frit.

La petite Mériem se récitait tout ce qu'on pouvait manger et qu'on ne mangeait pas, n'entendant pas les : Tais-toi ! tais-toi ! de sa mère, croyant même que cette dernière l'écoutait.

Sortant brusquement de sa réflexion, Aïni s'écria :

— Qu'est-ce que tu dis ? Ne me suis-je pas assez tuée au travail ? Tu trouves que ce n'est pas assez ? Ou irai-je prendre de l'argent pour avoir à manger les choses que tu dis ? Si tu le sais, toi, j'irai.

Mériem fondit en larmes.

— Mon Dieu, gémissait Aïni. Bouh ! Bouh ! Faites-la taire, ou alors je ne sais pas ce que je lui ferai.

La petite hoquetait de plus belle.

— Vous voulez que j'aille faire la voleuse, que j'aille traîner avec les mâles, dans la « ville basse »? demandait Aïni. Est-ce ma faute si nous ne pouvons pas acheter autre chose?

Il semblait soudain qu'Aïni n'avait plus la force de supporter sa fatigue.

Il n'y avait pas beaucoup de travail dans la ville. La population des journaliers, des tisserands, des babouchiers, était inscrite au chômage. Mais ne touchaient quelque chose que ceux, naturellement, qui se rendaient aux chantiers de chômeurs, créés pour fonctionner pendant quelques mois. Les inscrits y étaient admis deux semaines ou trois, ensuite ils cédaient la place à d'autres. Les listes étaient longues : beaucoup attendaient leur tour.

Et tout le monde avait faim.

Les dernières semaines du printemps et tout l'été, c'est-à-dire près de la moitié de l'année, les tisserands cessent toute activité ; il n'y a plus guère d'ouvrage durant ce temps-là. Pour les babouchiers, il en est de même. Ils produisent pour les gens de la campagne ; les fellahs n'achètent que lorsque la récolte est menée à bout. Les artisans de la ville passent ainsi la moitié de l'année à tenter de se faire inscrire aux chantiers de chômeurs.

Comme quelques-uns d'entre eux étaient aussi des musiciens, ils jouaient dans les mariages, les fêtes de circoncision, ou dans les cafés, au ramadhan. Cela n'empêchait pas leurs enfants d'avoir continuellement faim. Ils gagnaient une misère pour des nuits entières de veille. Leurs femmes travaillaient aussi. Mais, femmes et hommes réunis, n'y arrivaient pas. Non pas que leurs efforts fussent insuffisants : si on avait calculé leur gain à la peine qu'ils se donnaient, tous eussent été riches à l'heure qu'il est...

Il y en avait qui trouvaient encore le moyen de boire avec le peu d'argent qui leur tombait entre les mains. En si grande quantité des fois que cela leur valait la désapprobation et même le mépris de tout le quartier. Ainsi de temps en temps, le vendredi ou les jours de fête, Mohammed Cherak, le meilleur tisserand et l'un des plus réputés athlètes de la ville, se mettait sans raison à assommer ses admirateurs en vociférant comme un possédé. Déchaînés, les gamins rassemblés en nuées insolentes, le poursuivaient à jets de pierres qu'ils accompagnaient de cris hystériques.

— Dido boracho ! Dido boracho !

— Je suis saoul, moi, enfants de votre mère ?

L'homme s'arrêtait et les couvrait d'injures. Sans cesser de proférer des huées, les gosses s'enfuyaient précipitamment.

Cherak n'avançait plus. Oscillant sur ses jambes, il les menaçait d'un geste obscène de la main. Et il poussait un grognement de satisfaction, puis maugréait tout seul.

— Vauriens ! Vous ne comprenez pas ce que j'ai dans le cœur. Alors vous ne savez pas pourquoi je me saoule... Enfin, tant pis. Je vais encore boire, puisqu'il n'y a rien à faire.

Saisissant l'occasion, Si Salah, homme pieux à la barbe bien soignée, s'approchait alors et commençait à l'exhorter :

— Ya Mohammed, voyons, comment oses-tu te conduire ainsi ? Est-ce possible qu'un bon musulman agisse comme tu le fais, toi, en ce moment. Regarde-toi. Vois dans quel état tu te mets sous les yeux de tous les gens du quartier qui t'aiment et qui ont tant d'estime pour toi. Et pourquoi ? Le sais-tu au moins toi-même ? Eh bien, réponds, malheureux.

Ne se rendant à aucune injonction du vieillard, qui le chapitrait tout en lissant sa grande barbe, ivre-mort, Mohammed riait et bafouillait :

— Ma vie passe inutilement. Je ne la regretterai pas. Et l'argent, en voilà ! Tant que vous en voudrez.

D'un geste brusque, il semait en pleine rue à poignées de la monnaie sur laquelle fondaient aussitôt les gamins.

Ahmed Dziri, le père d'Omar, qui fut de son vivant un bon menuisier, lui aussi qu'est-ce qu'il ne buvait pas ! Il avait fait presque toutes les boiseries des belles demeures de l'époque. Mais Ahmed Dziri s'enivrait de plus en plus : un jour, il tomba malade, il resta couché plusieurs mois. Puis il mourut.

Il était mort depuis si longtemps qu'Omar n'en gardait plus aucun souvenir. C'est comme s'il n'avait jamais eu de père, l'ayant si peu connu. C'était un mal à la poitrine, lui avait-on dit, dont il ne pouvait guérir.

Aïni, veuve, était restée avec quatre enfants : deux filles, Aouïcha et Mériem, et deux garçons, Djilali et Omar. Deux ans à peine après la disparition du père, elle perdit Djilali, âgé de huit ans, qui fut emporté par la même maladie : encore un mal à la poitrine, lui avait-on dit.

— Et Mohammed, voyons, comment ose-t-il se conduire ainsi ? Est-ce possible qu'un être [illegible] reste comme ça le jour ici en ce moment. Regarde-toi. Vois dans quel état tu te mets sous les yeux de tous les gens du quartier qui t'aiment et qui ont tant d'estime pour toi. Et pourquoi ? Le sais-tu toi-même ? Eh bien, réponds, malheureux !

Ne se rendant à aucune intercession du vieillard qui le chapitrait tout en lissant sa grande [illegible], Mohammed riait et lui répondait :

— Ma vie passe doucement. Je ne la regrette pas. Et maintenant, me voilà ! Tant que vous en voudrez.

D'un geste [illegible], il [illegible] les regards de la commère sur laquelle tombaient ses paroles...

Ahmed Bziz, le père d'Omar, [illegible] lui aussi, [illegible] pas ! Il avait fait presque toutes les [illegible] de l'époque. Mais Ahmed [illegible] de plus en plus ; un jour il [illegible] couché plusieurs mois. Puis il mourut.

Il était mort depuis si longtemps qu'Omar n'en gardait plus aucun souvenir. C'est comme s'il n'avait jamais eu de père, l'ayant si peu connu. C'était un [illegible] à [illegible], lui avait-on dit, dont il ne [illegible].

Aïni, veuve, était restée avec quatre enfants : deux filles, Aouïcha et Mériem, et deux garçons, Omar et [illegible]. Deux ans à peine après la disparition [illegible], [illegible], âgé de cinq ans, qui fut emporté par la même maladie [illegible] encore son mal, [illegible] si veut-on dit.

La nuit abrupte et claire flambait avec douceur. Toutes les nuits, à cette époque, avaient la même âpre limpidité. Le sommeil gagnait Omar, ouvrant une grande anfractuosité dans la profonde blancheur nocturne, mais ne le reposait pas. Autour de lui, partout, quelque chose bougeait, se frayait un passage jusqu'à lui...

Il lui semblait ne pas avoir cessé de parler jusqu'à cette minute. Le fond de sa gorge, comme écorché, était tout meurtri. Ce n'étaient que quelques mots, larges et incompréhensibles, les mêmes, qu'il s'obstinait à ressasser sans fin. Ils passaient en trombe à travers son esprit. Tout au long de son sommeil, tandis qu'il avançait dans un univers démantelé, il lançait d'immenses appels qu'une autre personne, croyait-il, lui renvoyait à la volée impitoyablement. Par instants, il aurait juré que ses paroles étaient celles d'un autre, et que lui reprenait. Et tout à coup, il était transporté au milieu d'un noir éclatement d'avenues. Là, des hommes désemparés tapis dans les coins l'assaillaient, s'accrochaient désespérément à lui, à chaque pas. Des cris proches et jamais saisis, fusaient ; des espaces vides se succédaient. Omar se sentait tout dépouillé du dedans et défait. Il ne persistait en lui qu'un entêtement violent à survivre ; survivre malgré les luttes mortelles qu'il soutenait ; survivre.

Cette terreur, Omar la voyait. Elle se répercutait en lui, qui était là, dressé sur sa couche, les pieds repliés sous lui. Et il pensa : « Certainement, c'est la peur de Grand'mère ». Il comprenait à distance qu'elle avait peur. Peur d'être seule, d'être dans la cuisine, isolée avec son mal. Elle ne cessait d'implorer au plus fort de la nuit, alors que toute la maison s'abîmait dans la léthargie. Elle s'interrompait durant quelques minutes. Elle écoutait sans doute si on lui répondrait. S'arrêtait-elle par peur aussi ? Ses appels avaient tiré Omar du sommeil. Nul n'y répondait, le mutisme étouffait la vieille maison. Omar imagina le noir qui pesait partout, s'appuyait contre la porte de la chambre, menaçant, hostile. Cette chose énorme dont on n'aurait su dire le nom guettait dans la cour. Doucement, venant de loin, la voix de Grand'mère s'élevait encore. Elle bavardait pour rompre la lassitude, non cette bonne lassitude des corps vigoureux, mais celle de l'âge. Ses pauvres pensées se frayaient une voie à travers la peur, la maladie, mais surtout la vieillesse.

Dans la chambre d'Aïni, on dormait. Les respirations de rythmes différents s'entre-croisaient dans une atmosphère dense. Quelqu'un soupirait de temps en temps dans son sommeil ; c'était Aïni.

Une plainte parvint du fond des ténèbres. Grand'-mère se lamentait :

— Aïni ! Aïni !

On la sentait sans force.

— Aïni, tu me laisses toute seule, ma petite fille. Qu'est-ce que je t'ai fait ? Pourquoi, Aïni ? Pourquoi ?

La voix tâtonnait et semblait vouloir agripper quelqu'un qu'elle n'arrivait pas à atteindre. Personne dans la chambre ne bougeait. Ils sombraient tous dans l'engourdissement qui s'abat sur les misérables comme sur des proies vivantes, sans merci, pour se dissoudre au bout du compte dans un désarroi sans fin. Cette angoisse vorace qui affluait de l'aïeule vers le cœur de l'enfant bâtissait autour d'eux une citadelle sans ouvertures, un monde fermé inexorablement.

Omar savait à l'avance ce qui allait se passer le lendemain.

On portait à manger à Grand'mère dans la même écuelle de fer dont l'émail éclaté par endroits, dessinait de larges étoiles noires. Aïni la posait à ses pieds, avec la nourriture du jour, sans la nettoyer ; il s'y formait un fond graisseux qui adhérait aux parois et formait croûte.

— Pourquoi appelais-tu tant cette nuit ? Tu es folle ! pestait Aïni au-dessus de sa tête. Alors on n'a pas une minute de répit avec toi ?

Grand'mère attendait que sa fille s'éloignât. Elle se ratatinait sur elle-même. Grand'mère avait peur, comme un enfant ou un petit chien, de recevoir des coups. Toute ployée, le dos comme brisé, elle reposait, la tête sur ses genoux. Sans se redresser, elle clignait du côté d'Aïni. Omar était assis par terre à ses pieds.

— Hé, Mama ! tonitruait Aïni dans son oreille en poussant vers elle l'écuelle. Tu ne vois pas que je t'apporte à manger ? Ou bien ce que j'apporte te déplaît ?

La vieille femme ne remuait pas. Aïni se saisissait de l'ustensile puis empoignait la tête de Grand'mère et lui fourrait l'écuelle sous le nez.

— Oui, ma fille, j'ai vu. Pourquoi me traites-tu comme ça ?

— Tiens, mange ! lui disait Aïni en la secouant sans ménagement.

Elle bredouillait quelques mots entre ses dents : « Puisses-tu manger du poison ».

Grand'mère, avec des mouvements d'agacement, sans se retenir prenait l'écuelle de sa main qui tremblait d'une manière affolante et la rejetait au sol, sous sa chaise. Aïni, qui lui calait la tête, retirait son bras et la figure de Grand'mère retombait sur ses grosses rotules. La vieille femme n'avait plus la force de se maintenir droite ; elle était irrémédiablement cassée, abattue.

Aïni s'en allait en grognant.

Grand'mère, après s'être assurée que sa fille était partie, se hasardait à relever la tête et posait son regard bleu sur Omar. Il n'échappait pas à l'enfant qu'elle se rendait à peine compte de ce qui lui arrivait. Sa faiblesse ne lui permettait plus de se garer des violences d'Aïni et, dans son regard noyé, tremblait l'extrême misère de la bête à bout de souffle.

Elle laissait retomber sa tête. Une frêle lueur brillait cependant telle une étincelle vive dans ses prunelles embuées. Elle venait de le reconnaître.

C'était la joie de le sentir près d'elle qui, du fond de son regard, avançait vers lui, vacillante.

— Ah ! C'est toi, Omar ? Je n'ai plus que toi.

Elle émettait ces propos dans un demi-sommeil ; Grand'mère ne faisait plus attention à rien depuis quelque temps, sauf quand on lui apportait à manger ; alors elle s'agitait un peu. Puis elle pivotait de la tête, allongeait le bras, et puisait sa pitance dans le récipient posé à ses pieds. Avec ses doigts au toucher d'aveugle, elle ramenait ce qu'elle pouvait vers sa bouche qui, s'ouvrant de biais, se tordait. Elle mangeait en gémissant. Ses vêtements étaient souillés d'une large tache de graisse, à l'endroit où reposait sa bouche. Grand'mère se couvrait de détritus d'aliments que ses lèvres ne pouvaient retenir.

Omar et Aouïcha murmuraient toujours lorsque Aïni rabrouait Grand'mère.

— Toi, pourquoi la traites-tu mal ?

La mère les toisait.

— Moi ! s'exclamait-elle. Moi, traiter mal ma propre mère ? Quand l'ai-je donc mal traitée ?

Quand ! Quand ! Ils demeuraient confus et inclinaient la tête. Ils répétaient : quand donc ?

— Maintenant, disait-elle, j'ai travaillé jusqu'au bout. Vous le voyez à mon visage, vous le voyez à mon corps. Et vous voyez, au bout du compte, rien : seulement plus de fatigue qu'avant, et un peu moins bonne au travail. Quand nous aurons travaillé toute la vie, au bout il nous reste l'hospice ou la mendicité. Si la mort survient alors, nous dirons : tant mieux. La mort, pour nous, est une couverture d'or. Mais si cette mort n'arrive pas, ne veut pas de nous, et si, ne pouvant plus abattre de la besogne, nous continuons tout de même à vivre, voilà la calamité. Si ce n'est pas la tombe qui vient à nous à ce moment, c'est nous qui devons aller à elle. Et si nous le pouvons, nous devons l'acheter avec de l'argent. Nous aurons vécu et ce sera fini. Nous aurons vu des malheurs et il n'y aura plus rien qui nous tente ici-bas. Le cœur n'aura rien à regretter. Nous n'aurons gardé notre deuil de rien. Quand nous ne servons plus, nous pouvons penser que nous avons déjà trépassé. Dans ce cas, il vaut mieux que la mort nous emporte le plus tôt possible. Nous aurons trop vécu. Qu'il en soit ainsi et tout rentrera dans l'ordre.

Les enfants étaient stupides.

— Quoi donc? demandait encore avec animation Aïni.

— Ce que tu disais, répondait sa fille aînée. Qu'une personne travaille jusqu'au bout, et quand elle n'a plus la force de trimer, elle a fini de vivre. Ça peut être un bien, comme ça peut, des fois, ne pas...

— Comment : ne pas être un bien ? s'écriait la mère. Quelqu'un qui est un poids, qui mange aux dépens des autres, qui a besoin de quelqu'un pour le déshabiller... Quand les gens se trouvent être des pauvres...

Ils observaient leur mère tous les trois. Leurs regards se dirigeaient ensuite vers la porte de la chambre, du côté de la cuisine... Aouïcha esquissait un geste. Elle aurait voulu tenir en laisse les paroles de sa mère. Si elles parvenaient à Grand'mère? Les enfants se persuadaient qu'il suffisait que ces mots fussent prononcés pour tuer sûrement leur aïeule.

Aïni aussi se tournait du côté de la cuisine.

Du moment qu'un être humain devient un poids... pensait Omar.

Et Omar aidait souvent Grand'mère. Cela veut dire qu'il l'aidait à vivre. Il n'avait jamais senti qu'elle était un poids. Mais une personne peut apporter à manger à toute une famille, et néanmoins être un poids. Un enfant est-il un poids ? Je ne peux pas comprendre ces choses-là.

Certains jours, au lieu de manger, Grand'mère abandonnait son bras qui pendait au-dessus de l'écuelle, soulevait la tête un bref instant, regardait, d'un côté et d'autre, remuait sur le carreau nu ses deux mains irritées, puis geignait longuement.

— Vous l'entendez ! disait Aïni à ses enfants.

Ils se tenaient dans la pièce et laissaient Grand'mère dans la solitude de la cuisine.

— Quand ça ne va pas, c'est tout de suite moi qu'elle appelle.

Aïni faisait signe à Omar :

— Regarde ce qu'elle veut, disait-elle. Et ne reste pas longtemps là-bas.

Grand'mère mâchait des phrases indistinctes et gémissait encore. Elle se plaignait. Omar croyait comprendre à travers ses paroles embarrassées qu'elle était délaissée. Elle disait que des chiens venaient rôdailler autour d'elle, la nuit, et qu'on ne voulait pas la croire. Ces bêtes lui dévoraient les jambes sitôt que l'obscurité accaparait la maison.

Aïni, qui avait maintes fois déjà entendu cette histoire, lui rétorquait qu'elle rêvait, et l'accusait de mensonge : elle voulait se rendre intéressante aux yeux des locataires et attirer leur pitié.

— Ce sont les folles fantaisies de ton imagination. Tu ne convaincras personne avec tes sornettes, concluait sa fille.

Mais un soir, Omar surprit un chien qui montait jusqu'à elle, attiré sans doute par la nourriture qu'il trouvait dans l'écuelle. Grand'mère fut incapable de la lui disputer, comme de le chasser. A la lueur instable et sanglante d'un cul de bougie fixé au sol, l'animal parut de proportions monstrueuses à l'enfant. Maîtrisant son affolement, Omar parvint cependant à le chasser.

A dater de cette époque, on se rendit compte que c'était surtout à cause d'une forte odeur de décomposition insaisissable, mais perceptible de loin pour leur odorat aiguisé, que venaient les bêtes. L'odeur devenant suffocante, on comprit qu'elle venait de Grand'mère. Aïni décida de lui enlever les linges qui lui enveloppaient les jambes et les pieds.

Depuis longtemps ses membres inférieurs étaient gourds, ne lui servant plus, enflés démesurément. Une sorte de liquide qui ressemblait à de l'eau s'en écoulait. On ne renouvelait plus les chiffons, et le jour où Aïni les lui ôta, ils virent tous grouiller des vers dans la chair blanche et molle.

Le monde impérieux et meurtrier de la nuit s'effondra à cette seconde par pans entiers : le jour montait.

Omar s'endormit peu à peu, éventé par le souffle ardent et léger de la faim. Dans son inconscience, il fut averti du jour qui s'approchait, et un immense soulagement l'envahit. Son corps se détendit, apaisé et confiant. C'était l'instant de la délivrance. Il s'abandonnait au sommeil à présent. Il n'avait qu'à se laisser glisser et dormir, dormir, dormir...

Un jour passait. Puis un autre. Et un autre encore. La misère rendait tristes les gens de Dar-Sbitar. Chez Aïni, ils étaient comme ils avaient toujours été. Il y avait seulement un peu plus de misère. Les enfants tenaient un peu moins solidement sur leurs jambes. Les visages, à la maison, se creusaient, devenaient plus gris. Les yeux, constamment dilatés, avaient chez tout le monde un éclat fiévreux. Pourtant, chose extraordinaire, en ville, Omar croisait des êtres souriants, bien portants, repus. Joyeux dans le malheur, dans le dénûment général. Entre eux, ils devaient sûrement échanger des œillades quand personne ne les surveillait...

On parlait beaucoup désormais. Les deux filles travaillaient depuis deux mois dans une manufacture de tapis. Aouïcha apportait son gain de la semaine, la cadette aussi, le sien, mais moins important parce qu'elle était plus jeune. Elles déposaient cet argent dans la main de la mère. Et elles suggéraient ce qu'on pouvait acheter. Il était certainement possible de prendre un peu plus de farine. Omar écoutait en silence : si nous pouvions seulement avoir plus de pain, beaucoup de pain, songeait-il.

Parce qu'elles gagnaient de l'argent, elles avaient envie de tout : « On pourrait peut-être acheter de la viande de temps en temps. N'est-ce pas, Ma ? Pas vrai, vous tous ? Au moins un jour par semaine. Et, peut-être, des œufs. Ça coûte moins cher que la viande. On fera une omelette aux pois chiches. Et des haricots, c'est encore moins cher. Et du riz. Qu'en pensez-vous, vous autres ? Avec l'argent qu'on a. »

Elles poursuivaient, intarissables.

Aïni les regardait et laissait dire. Elles débitaient

tout ce qu'elles voulaient ; à la fin, la mère coupait net ce bavardage. Elles apportaient l'argent, bon ; mais ça ne comptait pas.

— Qu'en pensez-vous, vous autres ? demandaient-elles encore.

— C'est la mère qui décide ici, ou quoi ? disait Aïni. Bon ! bon Dieu. Alors c'est elle qui parle. Elle vous dit : Quatre pains par jour, ça veut dire trois kilos de farine à acheter tous les jours. Bon. Ça veut dire qu'il faut d'abord acheter de la farine.

Aïni comptait la somme. Omar était d'accord avec sa mère. D'abord du pain. Autant qu'il était possible d'en avoir. Ses rêves ne visaient pas plus loin.

Décontenancées, ses sœurs finissaient par déclarer :

— Comme on vivrait mieux s'il n'y avait pas tant de pain à acheter.

Elles ne pensaient qu'à la viande, aux œufs, au riz. Quelques légumes cuits à l'eau, un ragoût, ne faisaient pas leur affaire. Aïni et Omar pensaient que la soupe pour faire passer le pain c'était suffisant. Il y avait le loyer et la lumière à payer : soixante francs par mois.

Ils revenaient à la maison ce jour-là, Omar en avant, un couffin au bras contenant des herbes, des légumes avariés qu'il avait ramassés entre les étals du marché, Aïni, derrière, dans son haïk blanc qui s'effilochait de plus en plus sur les bords, un grand seau débordant lui tirant les bras. Lui, apportait de quoi manger, elle, de l'eau de la fontaine commune pour boire. Dans la maison, le puits était trop près des cabinets, si près qu'il y avait des infiltrations. Aïni ne voulait pas de son eau. Arrivée à la porte, elle déposa le seau lourdement. D'une voix surexcitée, elle appela sa fille. Elle n'avait plus la force d'avancer. Aouïcha accourut, lançant un cri joyeux de l'intérieur de la maison ; Aïni maugréa, excédée. Elle n'était pas d'humeur à supporter des gamineries. Elle était incapable de parler tant sa respiration était sifflante.

Omar, lui, rentrait la mort dans l'âme de ces fouilles qu'il faisait dans les tas de balayures du marché couvert. Il s'en allait à la découverte de légumes qui pussent être récupérés ; s'il en trouvait, il les glanait et les enfouissait dans son couffin. Il revenait avec une immense rancœur. Cette besogne, il devait l'accomplir quotidiennement en sortant, à onze heures, de l'école.

Lorsqu'il entendit, tout d'un coup, résonner la voix réjouie de sa sœur, il vit rouge. Il n'apprécia pas, non plus, la plaisanterie. Sa colère allait éclater en jurons ; Aouïcha, impérieusement, leur fit :

— Chut !

Avec de grands signes de bras, elle les exhorta à rentrer vite. Puis elle tendit l'oreille vers la cour de la maison, comme si elle craignait que ses paroles ne fussent surprises. La jeune fille paraissait extraordinairement émue. Ses airs mystérieux les intriguèrent.

— Quoi ? Veux-tu parler ? cria Aïni. Dis ce que tu as à dire. Tu seras tranquille, après.

— Non, Ma, murmura Aouïcha. Il ne faut pas que les voisines le sachent. Le mauvais œil.

— Prends le seau et rentrons, commanda Aïni.

Sa voix faiblit, se fit hésitante ; le pressentiment du malheur s'emparait d'elle. Fréquemment il rompait en elles toutes les digues et submergeait son cœur.

On la voyait du plus haut degré d'excitation tomber alors dans la prostration la plus profonde.

— Nous n'avons pas besoin de ça, prononça-t-elle entre ses dents. Le Seigneur nous a amplement accordé ses bienfaits.

Aïni, comme toutes les femmes, disait les bienfaits pour dire les malheurs.

— Nous en avons assez. Nous ne savons plus où les mettre. Le mauvais œil s'est manifesté en nous tant et plus... Bouh ! Bouh !

— C'est vrai, Ma, répliqua Aouicha.

On ne pouvait rien faire dans cette maison, sans que trois cents yeux vous épiassent.

— Avance, toi. Ne reste pas planté là, imbécile, réprimanda Aïni.

Docilement, Omar les suivit. Aouïcha fila, légère malgré le poids du seau plein, en faisant de tous petits pas. Elle portait le bidon devant elle des deux mains, et se gardait bien d'en répandre une seule goutte. Dans son impatience, elle incitait sa mère à se presser. Un accent de contentement se trahissait tout de même dans sa voix. En dépit de la peine qu'elle se donnait, elle était de plus en plus incapable de le déguiser. Après tout, il ne se passait peut-être rien de terrible.

— Vite, Ma ! suppliait Aouïcha en traversant la cour à toute allure.

Omar fermait la marche et méditait.

— Ma, qu'est-ce que le mauvais œil ?

— Le diable t'emporte.

— Tu verras, Ma, promit Aouïcha.

Elle avait déjà placé le seau dans la chambre et était revenue.

— Tu verras, tu seras étonnée, bien étonnée.

Après l'intense réverbération de la cour, leurs yeux ne distinguèrent plus rien dans la pénombre qui noyait la pièce. Ils furent plongés comme dans une eau noire et reposante. L'éblouissement du dehors les aveuglait encore.

Du fond, une voix appela : c'était Mériem, qu'ils ne voyaient pas.

— Ma, Ma ! Viens voir.

Le même accent de plaisir contenu perçait dans sa voix.

— Quoi ? Qu'est-ce qu'il y a ? questionna Aïni. Mais que se passe-t-il chez moi ? Je suis sortie à peine un instant, j'ai tout juste pris le temps d'aller à la fontaine, et voilà que tout est sens dessus dessous maintenant. Je ne vous reconnais plus. Parlez ! ordonna-t-elle.

Elle jura avec cette voix stridente qui était d'ordinaire la sienne.

— Viens ; approche-toi. Regarde de tes yeux, disaient ses filles.

Aouïcha ne songeait plus à refouler sa joie à présent. Aïni lança à sa fille :

— De quel côté es-tu ?

— Ma, continua d'appeler Mériem. Oh Ma !

— Il a dû arriver quelque chose. Mes filles sont folles.

Aïni cria :

— Qu'y a-t-il ? Parlerez-vous, oui ou non ?

— Ma ! Ma ! gloussa encore la petite Mériem.

— Idiote ! dit sa mère. Pourquoi crie-t-elle : Ma, Ma ?

Un rire montait, sans fin, dans la gorge de la petite. En écho elle répéta encore : Ma ! Ma !

— Comment ?

Tel fut le cri qui parvint de l'autre extrémité de la chambre.

Omar éleva la voix ; il demanda :

— Elle nous dit de nous dépêcher d'aller voir. Eh bien, allons voir.

— Ferme-la, toi, menaça sa mère.

Aouïcha dansait. Elle courait tout le long de la chambre, faisait des signes, interpellait sa mère avec des mots affectueux. Elle exécuta une pirouette, tourna sur elle-même, et dansa encore.

Habitués à la demi-obscurité de la pièce, ils distinguèrent Mériem assise auprès d'un panier de roseau qui paraissait aussi grand qu'elle. Elle passait le bras dans l'anse comme on tient une amie. Et ce panier à la panse volumineuse semblait tout plein. Aïni n'avait jamais eu de paniers comme celui-ci : d'où pouvait-il bien venir, qui l'avait apporté ? Et de quoi était-il rempli ?

— Des pommes de terre ! explosa Aouïcha en se trémoussant. Ce sont des pommes de terre, Ma. Des pommes de terre !

Ces mots se transformèrent en un chant qui s'amplifia au point de paraître insensé.

Ils s'interpellaient tous et répondaient ensemble.

— Des pommes de terre.

— Il y a aussi des cardes dans le panier.

— Et des cardes.

— Et des fèves aussi.

— Et des tomates.

— Tout ça.

— Et de la viande, Ma. De la viaaaande. De la viaaaande. Regarde, Ma, un grand paquet.

De la viande aussi?

Les filles tournoyaient en chantant, se balladaient dans la chambre : Des pommes de terre ! Des cardes ! De la viande ! Le bonheur les rendait folles. Seule, la mère conservait son sang-froid ; elle paraissait même abasourdie. Peu importait aux enfants, bien sûr, d'où venait toute cette abondance. Puisque ces richesses étaient chez eux, elles étaient à eux. Mais Aïni demeurait muette.

Elle se demandait probablement d'où leur tombait tout cela. Ses filles remarquèrent son air préoccupé. Mais elles ne se lassaient pas de crier, chanter, danser. Elles se roulèrent par terre, puis, à la fin, elles se calmèrent.

Aïni attira sa grande fille et la fit asseoir devant elle.

— Maintenant, tu vas tout me raconter. D'où as-tu eu ces légumes, cette viande, enfin tout ce panier ?

L'interrogatoire se poursuivit longuement : question, réponse ; question, réponse. Leur colloque était ponctué tout au long d'exclamations de surprise : Est-ce bien vrai ? Regarde voir. Et, à n'en plus finir de : Bouh ! Bouh ! de plaisir, dans lesquels pointait la honte devant un don si magnifique et si généreux. Aïni se mit elle aussi a faire des clins d'œil, à gesticuler comme sa fille. Et, de temps en temps, elle jetait des cris dubitatifs : Ha Haï !

La mère et la fille se lançaient cette interjection.

— Ha Haï ! disait Aïni.

— Ha Haï ! disait Aouïcha.

— C'est comme ça ? demandait la mère.

— Oui, c'est comme ça, disait Aouïcha.

Elle recommença son histoire.

— C'est comme ça qu'il a dit. Comme ça et comme ça.

Elle la racontait pour la deuxième fois.

Comme ça et comme ça. D'abord une voisine, puis une autre, avaient appelé Aïni. Aouïcha répondit d'en haut qu'elle était sortie.

— C'est pourquoi ?

— Quelqu'un vous demande à la porte, dirent les deux femmes, d'en-bas. Tu ne l'as pas entendu. Depuis un quart d'heure qu'il appelle, il doit avoir mal à la gorge. C'est un homme.

Les deux femmes n'apercevaient pas Aouïcha.

— Je n'ai rien entendu, dit celle-ci. J'étais occupée. De là, on ne peut entendre personne. Je vais voir.

C'était un homme, en effet. Il parlait comme ça, et elle montra comment : elle émit des sons qui paraissaient des aboiements. Elle fut soudain prise d'un fou rire qui l'interrompit.

— Je me suis mise derrière la porte pour qu'il ne me voie pas. Je l'ai pris pour un étranger. Je ne le connaissais pas. A travers la porte, je lui ai demandé : Qu'est-ce que tu veux ? Et il m'a parlé comme je vous le disais. Moi, je le voyais : il n'est pas très beau...

— Choléra ! Jeune comme tu es ! pesta Aïni.

— Mais il avait l'air bon et il riait : Aïni n'est pas ici ? dit-il. C'est dommage. Aïni, c'est ma cousine. Dis-lui, c'est Mustapha qui est venu la voir. Ah ! j'aurais bien aimé la trouver chez elle. Tu ne me connais même pas ? Dis-lui, c'est Mustapha, le fils de Lalla Kheira. Aïe, ma pauvre cousine. Il y a une éternité que je ne l'ai pas vue. Il a criaillé tout ça dans son drôle de parler. Il y avait de la bonté sur son visage. Je ne sais pas s'il existe beaucoup de gens aussi gentils que lui.

Le cousin Mustapha lui remit alors par la porte entre-bâillée ce panier de roseau.

— Si lourd, que j'ai eu les bras cassés pour le soulever toute seule.

Et il s'en alla.

— Dis bien à ta mère que c'est le cousin Mustapha. Nous chérissons tous notre cousine Aïni. Hélas, nous ne la voyons pas souvent. Ce sont des temps bizarres que ceux-ci. Nous vivons des jours où les gens ne peuvent plus rendre visite à leur propre famille. Vous les enfants, portez-vous bien.

En rentrant le panier, Aouïcha prit soin de ne pas attirer la curiosité des voisines.

— Heureusement qu'à ce moment-là, il n'y avait aucune d'elles dans la cour. Ce n'est pas une chance, hein, Ma ?

— Bouh ! c'est mon cousin.

Aïni se décidait enfin à parler.

— Oui, c'est lui, Mustapha. Le fils de Lalla Kheira. Et je suis sortie juste au moment où il est arrivé. Sa grand'mère et ma mère sont sœurs, de père et de mère. Et qu'est-ce qu'il a dit encore ?

Une nouvelle fois, Aouïcha fit le récit de tout ce qui s'était passé et dit.

— Il a l'air bon. Il riait, ajoutait-elle chaque fois.

Les rumeurs vagues de la maison se confondaient avec leur conversation qui ne se terminait plus.

— Je crois que je vais appeler Zina, pour qu'elle voie, murmura Aïni.

Aouïcha se rebiffa.

— Tu crois ? Je ne sais pas. Moi, je crois que non.

— La pauvre Zina ! Elle a un cœur sans malice. Elle nous aime bien. Elle se réjouit de tout ce qui nous arrive d'heureux.

— Parce que si elle sait, tenta d'expliquer Aouicha, si elle sait...

— Quoi ! si elle sait... s'étonna la mère.

Aouïcha gémit presque.

— Bouh ! Ma.

— Il faut que je l'appelle.

Décidément Aïni y tenait.

— Ce n'est pas notre meilleure voisine ? Elle n'a pas été bonne pour nous ? Il faut. Une pareille occasion !

De sa place, elle appella de toutes ses forces.

— Zina ! Zina ! Ya Zina !

Ses yeux souriaient imperceptiblement.

— Elle n'est peut-être pas dans la maison, protestait encore Aouïcha.

Lointaine, une voix s'éleva. Zina répondait enfin.

— Qui est-ce qui m'appelle ?

Aïni lui renvoya en écho :

— C'est moi... Nous t'attendons ; viens.

Elle dit aux enfants :

— Elle va tomber des nues. Vous allez voir ça. Vous rirez bien.

Lasse d'attendre, elle expédia Omar à la voisine qui n'accourait pas assez vite à son gré.

— Dépêche-toi, t'a dit Ma, fit Omar à la femme.

— Elle ne veut pas que je me mette à courir, dit Zina, surprise. Je n'ai pas tes jambes, mon fils. Que se passe-t-il ? Pourquoi est-ce qu'elle ne vient pas, elle ?

Tout en parlant ainsi, elle hâtait tout de même le pas. A peine franchit-elle le seuil :

— Tu vois, lui dit Aïni.

— Je vois quoi ? demanda la voisine.

Quelques instants après, toutes les femmes de Dar-Sbitar discutaient ensemble : quelques-unes debout au milieu de la cour, d'autres devant le pas de leurs portes. Celles qui logeaient en haut appuyaient leur corps sur la rampe de fer. Ce caquetage devint général : on parlait du panier qu'Aïni avait reçu. Aïni, triomphante s'efforçait de réprimer son orgueil, mais c'était plus fort qu'elle : il éclatait sur toute sa personne.

Aouïcha, d'une voix de tête, racontait l'extraordinaire événement ; sa mère l'interrompait pour en poursuivre le récit à sa place. Les femmes commentaient au fur et à mesure.

Le soir, quelques voisines se réunirent chez Aïni qui narra son passé, sa jeunesse. Avant son mariage... elle était heureuse ; elle parla de tous ses parents, vifs et morts... Ce fut une journée harassante.

Ni elle ni sa fille, ne purent exhaler une parole le lendemain : elles avaient toutes les deux la gorge prise.

Il y eut quelque chose de changé. Durant les jours qui suivirent, Aïni resta beaucoup plus longtemps auprès de Grand'mère. Les deux femmes ne se disputèrent plus. Grand'mère cessa ses jérémiades. Aïni fut prévenante, la plus prévenante des femmes. Cela étonnait ; mais était-ce vraiment quelque chose de nouveau ? On les avait vues déjà d'accord. C'était Aïni, entourant Grand'mère, qui semblait être la mère, bienveillante et tendre. Alors pourquoi cela les étonnait-il ? Pourquoi cela paraissait-il nouveau ?

Omar pensait à Grand'mère. Et il pensait à sa mère. Aux paroles qu'elle prononçait sur ce qu'était Grand'mère. Sans aucun doute, ces paroles leur apprenaient long sur elle. Elle aussi, elle avait beaucoup souffert.

— Qu'est-ce qu'elle n'a pas couru, disait Aïni. Qu'est-ce qu'elle n'a pas couru !

Son fils ? Un fils dénaturé. Et sa mère, que voici, courait tout le temps comme une petite fille. Elle passait ses journées à faire des commissions pour sa bru. Il trouvait ça bien Il laissait faire. Et quand elle venait manger, lui et sa femme se querellaient. Ils lui faisaient faire les comptes du marché sou par sou. Ces comptes ne pouvaient jamais être justes. Son fils criait alors. La femme faisait comme si elle voulait le calmer, mais c'était pour mieux jeter de l'huile sur le feu. Une vipère, je vous dis. Et la pauvre vieille s'éloignait de la table. Ils abandonnaient eux-mêmes leur repas. Ma petite mère n'osait plus manger toute seule. Elle attendait. Elle attendait. Mais ils ne revenaient ni l'un ni l'autre. Elle se levait finalement sans manger. Le fils partait à son travail sans manger. Sa femme restait sans manger. Mais, quand ma mère sortait, elle chauffait le repas et bâfrait toute seule. La vie de ma mère était comme ça. Vous voyez l'état dans lequel elle se trouve maintenant. Pourquoi ?

Ils étaient tous réunis autour de Grand'mère; la petite cousine aussi était avec eux. Pendant que sa fille parlait de la sorte, Grand'mère avait enfoui sa tête entre ses genoux. Et pendant qu'ils pensaient tous au destin de Grand'mère, la petite cousine dit :

— Quand ils ne sont plus en état de vivre, ils le sentent. Ils comprennent tout de suite...

Pourquoi la petite cousine parlait-elle comme cela, alors que tout le monde se félicitait de la longue existence de Grand'mère qui tenait contre vents et marées.

— Ils hésitent ; on ne peut pas dire ce qu'ils ressentent. Mais la chose a lieu comme ça. Et ils comprennent...

Qu'est-ce qui forçait la petite cousine à parler comme cela ? Elle s'arrêta finalement. Mais elle ajouta tout aussitôt :

— Quand ils deviennent un poids... pour les autres... Même pour eux... ils sont un poids...

Elle voulait dire cela depuis un quart d'heure.

D'une main, elle souleva Grand'mère. Elle essayait de la maintenir toute droite ; peut-être éprouvait-elle la même sensation que les enfants : lorsqu'on s'adressait à Grand'mère, qui avait la tête posée sur ses genoux, on avait l'impression qu'on ne parlait à personne. Mansouria, la petite cousine, voulait voir son visage. Elle continua :

— Quand ils le comprennent, ça veut dire qu'ils se sont mis déjà en route.

Bien tenue par les bras de Mansouria, Grand'mère restait raide. Mais bientôt un poids formidable commença à la tirer en avant, et son buste s'affaissa. Le visage de Grand'mère, à force d'être baissé, s'était allongé comme celui d'une bête.

Grand'mère paraissait tout de même comprendre ce qui se disait autour d'elle.

L'été était déjà très avancé. Personne ne pouvait plus approcher Grand'mère tant l'odeur qui s'en dégageait était irrespirable. Cette odeur s'installait autour d'elle, et plus rien n'arrivait à la dissiper.

Dès que le soleil tombait, l'odeur s'étalait. Elle adhérait aux souffles tièdes de la nuit. Elle rampait jusqu'à ceux qui étaient dans les chambres. Imprégnée, Dar-Sbitar en était pénétrée jusqu'à la pierre.

Par ces nuits d'été, Grand'mère bavardait seule. Elle marmottait longuement, puis elle se mettait à chevroter. Ils avaient oublié pendant un certain temps à quoi ressemblait son parler de vieille. Et, à présent, il ne se passait plus de nuit sans qu'elle commençât, soudain, à monologuer sans raison. Son murmure à demi incohérent roulait longtemps dans sa gorge avec un bruit de ressac.

De quoi parlait-elle ? Que voulait-elle ?

On finissait par comprendre qu'elle se plaignait. Elle disait qu'on la rejetait comme une chose inutile. Tout cela, dit dans son ancien idiome, se transformait en lamentations qui emplissaient Dar-Sbitar. Ce n'était plus un être humain qui se plaignait, mais bien la nuit entière et tout ce qui rôdait alentour, mais bien la lourde, l'inconsolable maison. La voix de l'aïeule ouvrait un passage à une détresse immémoriale.

Au milieu de ces divagations pleines des ténèbres et de la souffrance du monde, Aïni lui criait de s'arrêter.

— C'est comme ça, Aïni, ma petite fille ? répondait Grand'mère.

Sa parole redevenait alors compréhensible.

— Tais-toi, vieille de malheur !

— Tu n'as pas de cœur. Tu n'as pas pitié de celle qui t'a mise au monde. Dormir et me laisser ?

Elle appelait Omar.

— Tu es le seul, geignait-elle, à avoir pitié de moi.

Elle lui demandait de venir auprès d'elle.

Ses pieds enflés étaient devenus énormes. Ils reposaient sous elle, entourés de chiffons. Il était rare qu'elle fût satisfaite de sa position sur la chaise. Quand il le pouvait, Omar tentait de la faire bouger. Il la soulevait un peu en la prenant des deux mains sous les aisselles. Mais elle était terriblement pesante ; seul, il ne pouvait rien faire : c'est à peine s'il parvenait à la remuer.

A pareille heure, il lui était impossible d'affronter

l'obscurité de la pleine nuit pour arriver jusqu'à elle.

Depuis quelque temps, Grand'mère parlait beaucoup ; on s'aperçut qu'elle était aux prises avec une grande force, dans une lutte invisible. La famille, dans son étonnement, n'en revenait pas. La vieille femme, malgré l'état d'extrême misère physique où elle se trouvait, semblait assez forte pour faire reculer la puissance, muette et sourde, qui l'assaillait. Mais, à coup sûr, il y avait quelque autre force, de nature indéterminée, qui la secondait dans son combat.

Et sans que personne s'y attendît, l'engagement prit fin. Grand'mère revint vers le monde des vivants, délaissant les bords noyés de brume qu'elle avait côtoyés, elle revint, douce, apaisée. Elle reconnut tout le monde. Un rayonnement émanait d'elle, une sorte de joie.

C'était une femme naine, la petite cousine, déjà vieille elle aussi. Ses cheveux crépus blanchissaient. Toujours souriante. C'est bien vrai qu'elle avait l'air d'une négresse. Un teint jaune, blafard plutôt. C'était une parente ; une parente éloignée. Et peut-être pas parente du tout, au fait. Mais elle appelait Aïni : « ma petite cousine ». Aïni l'appelait aussi, « ma petite cousine ». Pauvre Mansouria. Elle les aimait. Mais elle était terriblement sale. Ses vêtements étaient si noirs que c'en était effrayant. Elle les aimait tout de même. Elle n'allait pas souvent au bain. Seulement, même quand elle en sortait, c'était la même chose : elle restait noire. Car elle remettait sur le dos les mêmes haillons crasseux.

Elle arriva ce matin chez Aïni et se mit à sourire.

Mansouria vivait de la sorte. Elle allait chez les uns et chez les autres. Elle recevait un morceau des uns ; on lui donnait des effets chez les autres. Il n'y avait pas de quoi se mettre en frais avec elle.

Eh bien, justement, ce jour-là il y avait quelque chose à manger : une poignée de riz qu'Aïni gardait comme la prunelle de ses yeux. Aïni l'avait sortie de sa cachette parce que ce jour-là l'occasion en valait la peine. Elle avait dit aux enfants :

— Puisque la petite cousine est venue, il vaut mieux manger ce riz aujourd'hui. On a plaisir à retrouver les choses qu'on met de côté et qu'on oublie. Pourquoi cacher ce riz plus longtemps ?

Il y avait aussi des légumes ; il en restait de ceux que le cousin Mustapha avait apportés trois jours plus tôt. Mais le croirez-vous : la petite cousine voulut les quitter lorsqu'elle sut qu'il y avait à manger.

— Pas du tout ! dit Aïni. On ne peut pas dire que ce soit grand'chose, cette poignée de riz. Tout de même, tu vas rester.

Ils avaient compris, Aïni autant que les enfants, qu'elle ne tenait à partir que parce que, justement, elle savait qu'il y avait à manger. Comme si elle n'était venue que pour manger, et partir ! Pauvre petite cousine. Elle souriait à chacun d'eux, et ne se souciait pas de ce qu'on lui disait. Comme si un repas royal l'attendait ailleurs.

On voyait bien qu'elle s'en irait ; mais elle restait assise, les jambes croisées et le buste tout raide ; les enfants la contemplaient. Elle riait, regardant parfois Aïni, et parfois les gosses. Puis de nouveau Aïni. Elle les regardait tous, avec son petit rire tendre au coin des lèvres, et se raidissait encore plus en redressant son buste. De temps en temps, elle disait :

— Ah, ma petite cousine.

Puis elle ajoutait :

— Ma petite cousine, je vous aime tous, toi et tes enfants. Dieu m'est témoin !

Sitôt arrivée, elle était allée voir Grand'mère, qu'elle avait commencé à arranger. Elle l'avait tirée par les bras pour la mettre debout. Grand'mère s'était ainsi reposée pendant quelques secondes. Ensuite Mansouria l'avait replacée commodément sur sa chaise trouée, et lui avait fait sa toilette.

Grand'mère aussi l'appelait comme les enfants : « ma petite cousine ». Elle ne se lassait pas de répéter tout le temps que Mansouria s'occupait d'elle :

— Dieu te tienne en sa sainte garde, ma petite cousine. Dieu t'ait en sa sauvegarde !

— Bien sûr, nous avons vécu trop longtemps, disait Mansouria. Tu sais comment on dit ? Quand quelqu'un vit trop longtemps, c'est un poids pour lui-même et pour les autres.

Grand'mère ne l'interrompait pas. L'avait-elle entendue même ?

— Tu ne voudrais pas me faire croire, reprit Mansouria, que c'est parce que nous avons pris l'habitude de vivre. Et qu'on ne veut plus changer d'habitude.

Elle se tut. Puis elle répéta avec une tout autre voix :

— C'est vrai... On prend l'habitude.

Mansouria eut un hochement de tête. Elle était maintenant seule à côté de Grand'mère, dans la cuisine.

— Je n'y avais pas encore pensé...

Elle voulait s'excuser. Elle se redressa encore plus,

— Mais j'espère, dit-elle de nouveau à Grand'mère. en s'inclinant vers son oreille, j'espère tout de même que tu voudras bien m'excuser.

Elle se tut encore, serra les lèvres, et son visage parut plus menu que d'habitude, un pauvre visage terni, les joues en trous. Elle n'avait sans doute plus de dents.

Elle se mit debout, mais elle chancela. Alors elle se rassit. De nouveau, elle se remit debout et revint auprès d'Aïni et des enfants. Elle souriait toujours. Quel sourire ! C'était le sourire d'une vieille qui voulait mourir.

— Peut-être qu'ils ont raison les gens qui mangent s'ils n'aiment pas ceux qui ne mangent pas.

Personne ne parlait. Personne ne lui avait rien demandé. Et voilà qu'elle disait ces mots maintenant. Ils ne semblaient pas être venus tout seuls. Ç'avait dû la travailler pendant un bout de temps, et maintenant qu'ils avaient éclos sur sa langue, elle paraissait tout étonnée d'avoir dit pareille chose. Tous les regards étaient dirigés vers elle, la scrutaient. Est-ce qu'on l'interrogeait ? Personne n'avait posé de question. Pourtant il y en avait bien une, mais ils ne pouvaient ou ils ne savaient la poser. Elle était là, et leur tête la charriait. Ils ne la reconnurent que lorsque la petite cousine avait parlé de cette façon.

— Ils ont peur de ceux qui ont faim. Parce que d'avoir faim donne des idées pas comme celles de tout le monde. « Et seul Satan saurait où ils vont chercher leurs idées bizarres », disent-ils. Pas vrai ? Tantôt, je me disais : On peut bien prendre l'habitude de la vie et même y prendre goût. Et au fond, elle n'est pas si mauvaise que cela... Et, de fil en aiguille, je me disais : Pourquoi n'aurons-nous pas, nous aussi, notre part de bonheur. Et si on pouvait seulement manger. Ce serait notre bonheur. Si ce n'est que cela, le bonheur pourquoi ne pourrait-on pas manger un peu ? Quand je dis : Nous, ce n'est pas de nous qui sommes là, les uns près des autres, c'est de nous et des autres que je veux parler. En voilà des pensées, n'est-ce pas, mes enfants ? « Ce sont des paroles de ceux qui ne mangent pas », diraient-ils. Peut-être est-ce vrai ? Je sens comme ça. Et que c'est comme ça qu'il faudrait dire les choses.

Ils ouvraient, les mioches, de grands yeux. Ils étaient tout de même surpris de voir la petite cousine parler de choses qu'on ne comprenait pas bien. C'était la première fois qu'elle parlait si longuement. Ils étaient ébahis. Elle, la petite cousine, baissait la tête comme honteuse.

Il fallait bien en convenir, il y avait quelque chose de nouveau, quelque chose de changé. Mansouria qui se mettait à causer de la sorte : le monde n'était plus le monde. Mais qu'est-ce qui changeait, bon sang de bon sang ? Qui aurait pu le dire ? Omar aurait payé cher pour savoir de quoi il retournait. Mais, c'est sûr, la petite cousine ne le savait pas elle-même.

Tête basse, elle répétait :

— Ils ne disent pas ça ? Ils ne disent pas ça ?

Sa question s'élevait comme un gémissement cependant qu'il semblait à tous que son visage s'enveloppait peu à peu de brume, qu'il devenait de plus en plus gris : il n'y avait pas à se tromper, c'était la brume de la faim. Si on se laisse prendre par cette brume, il arrive un moment où l'on ne peut plus s'arracher à elle. Omar connaissait cela. Et tous ceux qui ont eu faim. Et quand cette brume vous a bien recouvert, vous ne sentez même plus la faim. Après un moment, les voiles se déchirent, et tout apparaît dans un scintillement, dans un éclat insoutenable : on revoit le monde, mais bien différent de ce qu'on l'a laissé avant de s'enfoncer dans cette nuée calme et muette.

La petite cousine ne gémissait plus. Elle était probablement parvenue à cette seconde où la brume se dissipe tout d'un coup pour laisser briller de tous ses feux un univers tranquille. Avec des mouvements imprécis, la petite cousine essayait de se débarrasser de ses toiles d'araignée. Son corps eut de vagues tressaillements, et, à la fin, ses mains s'appuyèrent sur la meïda. On comprit qu'elle voulait se lever.

Elle soupira :

— Oui, il le faut...

Personne ne sut ce qu'il fallait.

Les enfants, seuls à présent avec elle, dans la chambre ne trouvaient quoi lui dire.

L'inconnu affluait de tous les coins du monde, battant de sa houle la chambre.

Débordante, sa détresse devant la vie se répandit sur eux. Ils n'auraient jamais cru qu'elle avait autant de profondeur.

Si vivre est une habitude, sait-on depuis combien de temps on en a pris l'habitude ? Il arrive qu'on veuille changer. Mais à partir de cet instant la vie ne vous concerne plus.

Tiens ! C'est ce qu'elle avait voulu dire.

Elle n'avait plus rien à attendre, la petite cousine,

et même plus rien à redouter. La vieillesse ressemble au sommeil. Elle dormait, et c'était la vie qui lui apparaissait comme un rêve. Déjà son corps s'effaçait. Cette vieille femme n'était plus elle-même.

Elle aurait voulu dire ça aussi. Elle ne l'avait pas dit.

A ce moment, Aïni surgit, une terrine entre les mains. Elle la tenait avec précaution du bout des doigts par les anses. C'était chaud. Ils savaient qu'il y avait du riz dedans qui venait d'être cuit avec une larme d'huile et beaucoup d'eau. Cela le rendait un peu pâteux ; mais quelle importance ! Ils ne se formalisaient pas pour si peu. Il y avait aussi de l'ail dans le riz, beaucoup d'ail, un poivron, de la tomate peut-être, des feuilles de laurier, bon Dieu ! Comme cela devait être bon ! La terrine aurait pu tenir dans le creux des mains. Et ils étaient six. Nom de Dieu ! si seulement ils avaient du pain ! Ils auraient alors avalé une grande bouchée de pain avec une petite cuillerée de riz.

— Ça étouffe, expliquait Aouïcha. Mais tant pis. On ne demande qu'à étouffer si c'est en mangeant.

La petite cousine avait rudement raison quand elle disait qu'il vous vient quelquefois des idées bizarres.

Mais Omar songeait :

— On a des idées, c'est sûr. Mais elles ne sont en rien bizarres. Des idées qu'on a assez de cette faim, que c'en est trop. On veut savoir le comment et le pourquoi des choses. C'est des idées, ça?

C'était peut-être des idées. Là, seulement, il y avait six personnes de qui la faim rongeait la chair. On ne comptait pas les autres, les milliers et les milliers du dehors, de la ville, du pays tout entier. Forcément on avait des idées.

— Ce n'est pas compliqué quand six personnes ont faim. La faim, c'est simple : c'est la faim, ni plus ni moins.

Alors ? Alors il voulait savoir le comment et le pourquoi de cette faim. C'était simple, en effet. Il voulait savoir le pourquoi et le comment de ceux qui mangent et de ceux qui ne mangent pas.

Aïni avait eu une seconde d'hésitation quand, revenant de la cuisine, la terrine de riz entre les mains, elle avait vu la petite cousine. Elle se dirigea vers la meïda qui était déjà installée au centre du groupe d'enfants.

Les pauvres ont tous des antennes fines. La petite cousine faisait des efforts pour se soulever. Lorsqu'elle fut sur ses pieds, titubant légèrement, elle tendit son visage du côté des petits. Elle eut un air absent durant quelques secondes. Puis elle fit quelques pas, en vacillant. Elle se rapprochait de la porte. La petite cousine arriva devant le rideau ; le grand jour en rendait transparent le tissu aux fleurs décolorées. Elle en releva un coin, s'arrêta, et tourna les yeux vers eux. Elle inclinait insensiblement la tête en avant. Elle voulait se glisser sous le rideau qu'elle arrivait à grand'peine à soulever. Elle se pliait presque en deux. On eût dit qu'elle avait mal au ventre et qu'elle se baissait pour comprimer sa douleur.

— J'ai beaucoup parlé aujourd'hui, trop parlé. Vous me le pardonnerez, murmura-t-elle. Mais je ne voudrais pas que vous me reteniez. Je vous ai déjà remerciés. Je vous ai déjà salués. Il faut vraiment que je m'en aille.

Lorsqu'elle eut fini de parler, personne ne lui répondit. Elle demeura là.

Elle tenait à partir mais on aurait cru aussi qu'elle hésitait. Ses regards se posaient sur Aïni qui était assise, avec ses enfants, devant la meïda.

— Vraiment ?

Aïni laissa échapper ce mot comme une plainte étouffée. Les yeux de la petite cousine se détournèrent.

Aucun des enfants ne soufflait mot.

Omar voulut l'appeler, mais il ne sortit de sa gorge qu'un son rauque. Tiens, lui aussi. Il geignait : mmm... Il n'avait plus la force de s'arracher à ses toiles d'araignée. Aouïcha et Mériem ne bronchaient pas non plus.

Aïni, qui suivait la petite cousine du regard, avait posé son poing sur la peau de mouton, comme si elle voulait se lever afin de retenir Mansouria. C'était bien son idée : la retenir, la faire asseoir parmi les enfants.

Mais était-ce tout ? Ne lui disait-elle pas de rester ? songeaient les enfants.

Aucun d'entre eux ne desserra les dents. Qu'auraient-ils pu faire du moment que leur mère demeurait muette ? Bon sang, de quoi avaient-ils peur ? De la garder à manger, alors qu'il n'y avait pas du riz pour tout le monde.

— Reste, ma petite cousine, dit Aïni. Tu ne peux pas partir, maintenant que nous avons apporté à manger. Reste : tu n'as rien à faire chez toi ?

Cette dernière question était de la politesse.

— Tu ne vas pas partir, poursuivit Aïni. S'il n'y a pas à manger pour tous, cela n'a aucune importance. De toutes les façons, le déjeuner est prêt et servi, avec toi ou sans toi. A présent que nous soyons cinq ou six... Ça nous fait plaisir que tu restes, dit-elle encore, en couvant les enfants du regard.

Et son regard contenait un drôle de sourire.

— Les enfants seront contents que tu restes.

Omar poussa un soupir. Aïni se remit à parler.

— Reste, tu n'as rien à faire. Tu ne vas pas partir. Et s'il n'y a pas suffisamment à manger pour tout le monde, ça n'a pas d'importance... Tu nous feras plaisir... Les enfants seront contents...

Aïni ne paraissait pas pouvoir arriver au bout de ce qu'elle avait commencé à dire. Elle parlait pour parler. Elle parlait peut-être pour se soulager. Elle devait être contente de parler. C'était visible. Le bien-être montait dans son cœur.

Mansouria se mit à chuchoter comme si elle eût voulu s'adresser uniquement à Aïni. Mais ils causaient tous à la fois, bruyamment ; personne n'entendit ce qu'elle disait. A l'expression de son visage, on aurait pensé qu'elle désirait leur confier la raison qui lui commandait de partir. Mais nul ne saisit cette expression. Tout cela n'était sans doute encore que de la politesse.

Maintenant ils avaient peur qu'elle les quittât.

— Oui, c'est comme ça, dit alors la petite cousine d'une voix distincte.

Elle marcha droit jusqu'au seuil qu'elle franchit ; de là, elle se retourna pour les saluer d'un signe, et le rideau retomba derrière elle. Ils apercevaient encore sa silhouette menue et raide à travers la fine résille du rideau. Ils l'entendirent répéter :

— Oui, c'est comme ça.

Tous les regards convergeaient sur son ombre. Sans se lever, Aïni lui cria :

— Reviens nous voir.

Les gens de Dar-Sbitar avaient plusieurs fois de suite entendu cette sirène au cours des semaines précédentes ; on l'essayait régulièrement. On leur avait bien dit que la guerre allait éclater. Elle éclaterait certainement : dans la maison, ils s'étaient faits à cette idée. On en discutait à tout propos. Celui qui déchaînerait cette guerre, disait-on, était un homme puissant. Son emblème, cette croix aux branches bizarrement cassées qui ressemblait à une roue, recouvrait les murs de la ville, tracé au charbon, à la craie. Il y avait des croix géantes peintes au goudron à côté de l'inscription : Vive Hitler. On se retrouvait partout nez à nez avec ce sceau et ces inscriptions. L'homme qui portait le nom d'Hitler était tellement fort que nul n'aurait osé se mesurer avec lui. Et il partait conquérir le monde. Et il en serait le Roi. Et cet homme si puissant était l'ami des Musulmans : quand il aborderait les rivages de ce pays, les Musulmans jouiraient de tout ce qu'ils désireraient, leur bonheur serait grand. Il priverait de leurs biens les Juifs qu'il n'aimait pas et qu'il tuerait. Il serait le défenseur de l'Islam et chasserait les Français. D'ailleurs la ceinture qui lui serrait la taille portait la chahada : Il n'y a de Dieu qu'Allah, et Mohammed est son Prophète ! Cette ceinture ne le quittait ni jour ni nuit. C'est pourquoi il était invincible.

Les exercices d'alerte étaient entrés dans les mœurs. On disait :

— Ah ! la voilà qui crie.

Et, de fait, des plaintes prolongées tournoyaient dans l'air.

— Aujourd'hui, pourtant, elle est enrhumée.

— Comment, enrhumée !

— A cause du temps qui est à l'humidité.

Cependant quand elle résonna pour de bon, ils eurent l'impression de l'entendre pour la première fois.

C'était un après-midi de septembre ; Omar passait par la Place de la Mairie. Elle lâcha son mugissement sauvage. Elle était placée sur les toits de l'édifice municipal. Cela débuta sur une note grave, qui se haussa rapidement au plus aigu, monta droit comme un jet vers le ciel et y demeura suspendue pour de longues secondes, immobile, comme si le ciel lui-même engendrait ce son strident. Puis elle s'affaissa brusquement.

Omar ne manquait jamais, lorsqu'il longeait la Mairie, d'escalader d'un côté, les marches de l'entrée, pour les sauter toutes à la fois, de l'autre. Il était sur la marche supérieure, immobile et stupéfait.

En un instant, il se rappela l'étrange sensation qui l'avait parcouru quand la sirène s'était déchaînée. Une gifle ou plutôt un souffle violent, s'était abattu sur lui. Il était déjà au bas de l'escalier public, le cœur battant. Enfin, il s'élança, dans la rue, en proie à la panique. Filant à travers la ville, il croisait des hommes et des femmes qui, eux aussi, couraient dans tous les sens. Savait-on pourquoi ? Savaient-ils où aller ? Les femmes pleuraient et s'abordaient, les yeux rouges. Et elles poursuivaient leur chemin en faisant retentir les rues de leurs sanglots. Les hommes s'éloignaient hâtivement. Des rideaux de fer étaient rabattus. Les principales sorties étaient noires de monde, les gens se pressaient : ils voulaient se rendre quelque part semblait-il ; ils marchaient, taciturnes, la mine sombre ; certains s'interpellaient ; dans leur voix perçait un frémissement qui rendait toute parole incertaine.

Et, en un rien de temps, les rues se dépeuplèrent. Omar galopait à travers une ville déserte. Il rencontrait de loin en loin un agent de police ou un chien errant. Quel vide ! La vie se retirait de Tlemcen dont le grand soleil avait pris possession. Tout d'un coup, comme si la ville ne vivait plus depuis des millénaires, ses larges avenues redevenaient d'immenses voies solitaires et antiques où les bruits s'étaient tus, ses édifices, des temples d'un culte perdu, et son vaste silence, la farouche paix de la mort qui étincelait dans l'ardeur du jour. Tlemcen prolongeait son existence dans la pierre.

Après le premier affolement, ce calme vigilant, cette solitude passagère, apportaient à Omar des échos menaçants. Le danger faisait ainsi sa brusque apparition dans un étrange apaisement.

Omar était de plus en plus persuadé qu'il n'atteindrait jamais Dar-Sbitar, qu'il n'en finirait pas de parcourir cette ville qui se métamorphosait lentement en une enceinte maudite. Quelque chose de terrible lui arriverait avant. Le danger, comme une ombre haute et souveraine, groupait les immeubles, les jardins. Et Omar se précipitait à perdre haleine ; la gigantesque silhouette le suivait à longs sauts brusques et saccadés. L'enfant sentait sa présence dans le dos. Le malheur, le malheur qu'on avait attiré par cette sirène était finalement arrivé.

S'engouffrant à toute allure dans Dar-Sbitar, il s'allongea face contre terre sitôt qu'il fut devant sa mère et put enfin pleurer tout agité de tremblements. Aïni le prit dans ses bras et l'attira vers elle. Son agitation tomba d'un coup. Un vide bienfaisant l'envahissait, le même vide qu'il avait ressenti tout à l'heure. Omar écoutait les battements rapides de son cœur. Il attendit, puis ses yeux s'ouvrirent peu à peu. Il se retrouvait à l'orée d'un pays singulier. Quelle impression de réveil! Plus rien n'avait d'importance ; le monde avait été déchiré par le mugissement de la bête sans visage.

— C'est la fin du monde. La fin du monde.

Projetant ces derniers mots avec véhémence, la femme qui s'adressait à Aïni ajouta :

— Au siècle quatorzième, ne cherche point de salut, est-il dit. Ne sommes-nous pas au quatorzième siècle ?

— C'est bien le quatorzième siècle, confirma la vieille Aïcha.

— Alors tout le monde va mourir ?

— Tout le monde, femme.

— Tout le monde, et nous aussi ?

— L'heure de la justice arrive.

Les femmes devinrent muettes. Quelques-unes levèrent les yeux au ciel. Soudain une clameur redoutable retentit. Attyka, d'un coup, s'effondra par terre, au centre de la cour.

Un remue-ménage se fit autour d'elle. Tandis que certaines essayaient de la soulever et de l'apaiser, elle haletait et se débattait furieusement ; tout en bavant, elle proférait dans un râle :

— Le quatorzième siècle ! Satan ! Satan !

Transportée chez elle, elle se calma en un clin d'œil. Attyka avait souvent des crises : elle s'en relevait et, vite après, ne s'en souvenait plus. Elle se remettait à deviser et paraissait même plus gaie.

Le dialogue des femmes reprit :

— C'est signe de guerre.

— C'est sûr !

— Quoi? Ce qui vient d'arriver à Attyka? C'est signe de rien.

— C'est selon.

— Allez ! ne racontez pas d'histoires. Elle est comme ça, Attyka ; nous la connaissons depuis longtemps. Pourquoi voulez-vous que ce soit signe de quelque chose?

— Chut ! Chut !

Des voix d'hommes s'élevèrent dans la ruelle, tout près de la maison. Profonde, grave, une semblait appartenir à un homme d'âge. On reconnut alors la voix de Si Salah.

— Rentrez dans vos demeures. Tout ce qui arrive là, ne vous concerne pas.

Une autre répliqua :

— C'est la guerre pourtant. Ça n'est pas rien.

— Le moment de la vérité est arrivé, répondit quelqu'un.

— Oui, c'est la guerre, on ne peut pas le nier.

Le dialogue reprenait, encore plus accablé.

— On ne croit plus de nos jours. On ne croit plus et c'est un malheur !

— Oui, c'est un malheur.

— Dieu prépare le châtiment de ses créatures.

Si Salah, posément murmura :

— Maintenant, regagnez vos maisons. Les hommes qui nous gouvernent savent ce qu'ils font.

— Dieu fasse que tu dises vrai. Mais nous n'en sommes pas certains.

— Mais non ! C'est nous qui récolterons les calamités ; sur nous tout retombera.

— Occupons-nous de nos affaires. Nous aurons de l'ouvrage à abattre jusqu'à la fin de nos jours. Qu'on nous laisse en paix !

Dans Dar-Sbitar, le visage illuminé, Attyka ressortit de sa chambre en s'époumonant :

— La fin du monde !

Les femmes épouvantées par la prophétie répétèrent :

— Dans quarante jours.

Gesticulant au milieu de la maison, Attyka poussa encore des hurlements. Les filles de la possédée accoururent et l'entraînèrent chez elle. Elle eut deux attaques dans la journée ; cela ne s'était jamais vu jusque-là.

A la nuit tombante, Omar sortit pour chercher une miche de pain au four banal.

C'était sa course préférée. D'ordinaire il rechignait quand il fallait faire n'importe quelle commission.

Il s'y dérobait en invoquant chaque fois la même raison :

— Alors, toujours moi ? Il n'y a que moi, ici. Et pourquoi pas Aouïcha ou Mériem ?

Autant il essayait de se soustraire aux autres servitudes, autant celle-là lui plaisait.

Il arrivait au four. Quelle joie de contempler toutes les miches étalées au sol sur des panneaux de bois, des taïfors et des plateaux de métal, qui attendaient d'être enfournées par un homme tout noir dont les épaules et la tête émergeaient de la fosse du fond. Devant l'entrée du four incandescente, le boulanger agitait ses bras, poussait, ramenait, sans arrêt, une longue pelle en bois. Il l'enfonçait chargée de miches à cuire puis il la ressortait vide. Dans cet antre profond le pain dispensait une vague blancheur, et les recoins perdus dans l'ombre sentaient le pain nouveau.

Il s'attardait devant ce spectacle ; il ne s'en lassait pas ; c'était réconfortant, grave.

Il aimait rapporter à la maison le pain encore brûlant dont la croûte craquait. Chemin faisant, il en détachait les aspérités, les petites pointes trop cuites et les croquait. Il ne pouvait se permettre de rentrer avec un pain entamé ! il était alors bon pour une tripotée. Quel plaisir de transporter cette bonne miche ! Omar la serrait contre sa poitrine et elle le réchauffait en répandant son odeur appétissante.

Dehors, la ville de nouveau grouillait telle une fourmilière. Tous les Tlemcéniens, eût-on dit, s'étaient donnés rendez-vous dans la rue, tant il y avait foule.

Après le vide brusque de l'après-midi, cette multitude d'hommes, de femmes, d'enfants qui s'écoulait lentement, renaissait de sa peur. La grisaille dorée du crépuscule de septembre apportait elle-même une atmosphère de gravité. Un sens nouveau des choses et des êtres, oublié jusqu'ici, et brusquement retrouvé, rapprochait les hommes. Tout cela eût semblé ridicule un jour avant. Les Tlemcéniens s'étaient donnés le mot ; ils sortaient dans les rues d'un commun accord : il était facile d'imaginer qu'ils avaient quelque chose de la plus haute importance à se dire. Mais on attendait toujours celui qui prendrait la parole le premier. Cela, naturellement, n'arriva pas. Que voulait exprimer cette foule si imposante? Pourquoi était-elle là? Voulait-elle protester contre la guerre? Mais pourquoi, pourquoi alors se taisait-elle? Elle relevait la tête lentement : elle était sûre d'elle-même, de ce qu'elle portait en elle, gauche encore mais puissante et farouche. On les avait toujours aidés à ne pas penser ; à présent surgissait devant eux pleine de menaces, obscure, têtue, leur propre aventure ; et tous ces hommes, toutes ces femmes demeuraient nus devant eux-mêmes. Ils avaient laissé leur cœur disponible, en repos. Mais le malheur les touchait de son poing et ils se réveillaient. Combien alors se sentaient vivants? Bien qu'ils aient encore la bouche amère, ils commençaient à rire de se retrouver ensemble.

En découvrant cette foule presque heureuse, Omar oublia le pain. Emporté par cette marée impétueuse, il n'eut aucune peur, bien qu'il se vît loin de la maison, et s'y glissa, au beau milieu. En dépit de sa petite taille, de sa faiblesse d'enfant, il s'abandonnait au courant qui le traversait et le portait dans le même sens.

Il n'était plus un enfant. Il devenait une parcelle de cette grande force muette qui affirmait la volonté des hommes contre leur propre destruction. Toutes les rues déversaient cette foule dans la Place de la Mairie. Ce fut là que s'assemblèrent les Tlemcéniens. Des milliers de pieds battaient le pavé d'un bruit sourd, indéfiniment répété ; leurs voix bruissaient comme une usine lointaine en pleine activité. Les lumières de la ville ne brillaient pas encore et on avançait dans l'obscurité grandissante. On ne reconnaissait plus les visages mais on marchait côte à côte. Alors les voix se reconnaissaient, se rejoignaient au-dessus des têtes.

— Krimou, es-tu là ?

— Oui, et toi ?

— Oui, moi aussi. Je suis par là.

— Alors, c'est la guerre, ou quoi ?

— Oui, la guerre.

Puis une autre conversation s'engageait.

— C'est la guerre ça, Kader. Fils dénaturé de ta mère, comment vas-tu faire ?

— Hé, je ferai comme tout le monde. On ira au front.

— Tu sais au moins tenir un fusil ? Comment feras-tu quand on te donnera un fusil ?

— Tu viendras me montrer.

Deux Français parlaient à côté d'Omar.

— Ils nous ont eu maintenant, les cochons, avec leur guerre.

— Je disais bien qu'ils ne faisaient que mentir quand ils juraient qu'il n'y aurait pas de guerre. On nous avait bien dit qu'ils s'étaient mis d'accord à Munich...

— Il va falloir se démerder. Leur guerre on l'a sur le dos maintenant.

Cette absence d'éclairage semblait avoir un sens

aussi. On attribuait désormais, sans rime ni raison, une signification à tout, à un mot jeté à la cantonade, aux lampes qui ne s'allumaient pas, à la marche saccadée de cette foule... Aussi quand les rues de la ville s'illuminèrent tout à coup, un ah ! général fut poussé par toutes les poitrines, qui furent allégées d'un poids formidable. Les lumières publiques venaient de s'allumer, ce soir-là, à l'heure habituelle.

On finit par se trouver comme à une fête ; une exaltation grisante faisait mousser l'air ; on s'agitait, une grande houle semblait soulever la population. On parlait et riait fort.

Omar rentra fort tard à la maison. Quand elle le vit, sa mère lui demanda d'une voix blanche :

— Où est le pain que tu es allé chercher ?

Aïe ! Il l'avait complètement oublié. Où avais-je la tête, se dit-il. Bon, ça va recommencer, les cris, les jurons, et les coups.

Sa mère était hors d'elle.

— Mais où étais-tu, dis-moi un peu ? Jusqu'à cette heure dehors, et nous en train d'attendre ? S'il n'y a pas de quoi le tuer, ce chien errant ! Va de ce pas chercher le pain. Si tu ne reviens pas avec, je te conseille de ne pas mettre les pieds ici.

— Mais c'est la guerre, Ma !

— On ne mange pas parce que c'est la guerre ?

Ce n'était pas ce qu'il voulait dire. Elle ne le comprenait pas. Et il ne parvenait pas à formuler sa pensée.

— C'est la guerre ! C'est la guerre !

Il ne put articuler autre chose.

— Tu es devenu idiot ? C'est entendu, c'est la guerre.

Les voisines jacassaient malgré l'heure tardive.

— Quand ses fils et ses filles allaient au bal, et ne pensaient qu'à leur toilette, disaient-elles, l'Allemand était en train de fabriquer des armes. Et voilà le résultat.

— Quel malheur, pauvre France !

— Elle ne méritait pas ça.

Omar courut au four banal à travers le dédale des ruelles sombres. Fermé ! Il était au moins neuf heures du soir. Il savait où habitait le patron du four : c'était au fond d'une impasse un peu perdue. Mais il ne s'y aventurerait pas seul, dût-on lui couper la tête. Omar se posta à l'entrée du passage dans l'espoir que surviendrait un passant qui voudrait l'y emmener. Il interrogea la rue du regard ; personne n'arrivait. Avec une voix tremblante, il appelait les gens qu'il voyait cheminer à distance, et pleurait de désespoir. Pouvait-on l'accompagner chez le patron du four ? Il se trouva enfin un vieillard qui le prit par la main et le conduisit devant la maison à porte carrée.

Omar dut cogner très fort et longtemps avant qu'on ouvrît.

— Qui est-ce ? ronchonna une voix de l'intérieur.

— C'est moi, Omar.

Le patron rouspétait fort.

— C'est maintenant que tu viens chercher ta miche, garnement ? Et ici, par-dessus le marché, chez moi ? Va-t'en au diable. Tu viendras demain la prendre au four.

L'enfant commença à se lamenter afin d'apitoyer Kaddour. Mais celui-ci lui referma la porte au nez sans fléchir ; Omar l'en empêcha en s'arc-boutant au lourd battant et pleura de vraies larmes.

— Oncle Kaddour, Allah te protège ! Viens me

donner mon pain. Le bon Dieu t'accordera une fortune. Qu'il te conduise à La Mecque !

Le monstre ! Il ne se rendit à la prière de l'enfant que lentement et à contre-cœur, lorsque Omar s'épuisant en supplications perdit tout espoir de le voir jamais sortir de sa noire tanière.

Serrant le pain des deux mains contre sa poitrine, le garçon se pressait. Les ruelles solitaires avaient pris leur visage nocturne. Omar trottait sans véritable hâte et n'éprouvait plus aucune inquiétude. Il était attentif au calme qui l'entourait comme une eau apaisante. Un sentiment de sécurité s'emparait de lui. Il se retrouvait à l'intérieur d'un monde fraternel. Les venelles se lovaient et débouchaient sans fin l'une dans l'autre. De distance en distance, des ampoules électriques y creusaient de profondes clairières de lumière. Cet éclairage qui se heurtait à toutes les maisons posées de travers découpait un jeu de patience et de mystère. Le cœur d'Omar tressaillit. De joie ? On ne saurait le dire. Pourtant c'était de la joie qui soulevait son cœur ainsi : une sensation qui l'envahissait par vagues claires. D'où venait ce bonheur qui s'oubliait en lui ? La guerre : Omar revit cette foule à la tombée de la nuit qui appelait de toute son âme l'éclairage public ; quel immense soulagement quand la place s'illumina tout à coup. La guerre, il ne savait ce que c'était. La guerre... et autre chose, se prolongeaient comme une joie secrète dans son cœur. Omar se jetait dans le sillage de sensations qui le conduisaient au seuil d'une terre inconnue. Ce qu'il y avait eu d'inusité dans l'atmosphère de la ville, durant cet après-midi, happait encore sa pensée. Curieusement, il eut la sensation d'avoir soudain grandi depuis que les cris de la sirène avaient retenti. Tout en se sachant encore un enfant, il comprenait ce que c'était que d'être un homme. Mais cette intimité imprévue avec ce qu'il serait plus tard se défaisait rapidement. Omar rouvrait les yeux sur son horizon d'enfant. Il ne lui venait plus à l'esprit de se retourner vers cet avenir enveloppé d'une obscurité qu'aucune force ne pénétrait.

Il arriva devant la porte de Dar-Sbitar, grande ouverte, et cria à tue-tête :

— Aouïcha ! Aouïcha !

La bouche d'ombre opaque, profondément encaissée, avala son appel. Omar attendit.

— Aouïcha ! fit-il de nouveau. Veux-tu venir ? Je suis là.

Il se passa quelques secondes et l'enfant perçut un bruit étouffé de pieds nus qui courait sur le dallage.

— Entre ! dit sa sœur aînée de l'extrémité du vestibule.

— Anesse ! Tu n'entends pas quand on t'appelle ?

— Et toi, Tata-ma-petite-sœur ! Il faut qu'une femme vienne te conduire ?

— Assez, idiote.

Un petit rire fusa dans le noir comme un feu follet. Aouïcha se moqua :

— Regardez-le ; il sait commander. Quel homme !

Au centre de la maison, Omar se sentit plus à son aise : des pièces éclairées parvenaient la vivante rumeur qui animait Dar-Sbitar à l'orée de la nuit. D'une poussée brusque et sournoise, le garçon envoya sa sœur valser au milieu de la cour... Puis il se rua vers leur chambre. Il écarta le rideau de l'entrée et tendit la miche à sa mère.

— Bâtard ! fit Aïni.

Il sourit, comprenant la tendresse qui se masquait sous l'injure.

Omar s'accroupit lui aussi avec les autres, devant la meïda, et surveilla sa mère qui rompait le pain contre son genou.

IMPRIMERIE BUSSIÈRE À SAINT-AMAND (4-88).
D.L. 1er TRIM. 1975. N° 479-7 (4014).

COLLECTION « MÉDITERRANÉE »

dirigée par Emmanuel Roblès

Leïla Baalbaki, *Je vis !*

Ugo Betti, *Haute-Pierre*

Thrasso Castanakis, *Les chiens dans la nuit*

Castillo-Navarro, *Mort aux enchères*

Camillo-José Cela, *La famille de Pascal Duarte*

Alba de Céspedes, *Le cahier interdit*
Elles - Avant et après

Andrée Chédid, *Jonathan*

Mohammed Dib, *La grande maison*
L'incendie - Le métier à tisser

Tahar Djaout, *Les chercheurs d'os*
L'invention du désert

Xavier Domingo, *Villa Milo*

Philippos Dracodaïdis, *Sainte-Maure*
Sur la route d'Ophrynio

Gabrielle Estivals, *Zoubeïda*

Aris Fakinos, *Les derniers barbares*
Zone de surveillance

Mouloud Feraoun, *La terre et le sang*
Le fils du pauvre - Jours de Kabylie
Les chemins qui montent - Journal, 1955-1962
Lettres à ses amis - L'anniversaire

Alfonso Grosso, *La Procession*
Un ciel difficilement bleu

Nedim Gürsel, *La première femme*

Claude Kayat, *Mohammed Cohen*

Clément Lépidis, *La fontaine de Skopelos*
Le marin de Lesbos - L'Arménien
Les émigrés du soleil - La rose de Büyükada
La conquête du fleuve
L'or du Guadalquivir
Les oliviers de Macédoine

Catherine Lerouvre, *Un feu d'enfer*

Marcel Moussy, *Les mauvais sentiments*

Emmanuel Roblès, *Federica*
Cela s'appelle l'aurore - Le Vésuve
Les hauteurs de la ville
La croisière - Un printemps d'Italie
Saison violente
Venise en hiver

Ahmed Sefriou, *La boîte à merveilles*
Le chapelet d'ambre

Ramon Sender, *Le roi et la reine*

Livia di Stefani, *La vigne aux raisins noirs*

Marie Susini, *Plein soleil*
La fiera - Corvara

Stratis Tsirkas, *Cités à la dérive*
L'homme du Nil
Printemps perdu

José-Luis de Vilallonga, *Les gens de bien*
Les ramblas finissent à la mer